走近古典品人生

心若安，可步步生莲

古诗词中的千古禅音

陈靖文 · 著

H.P.H 哈尔滨出版社
HARBIN PUBLISHING HOUSE

图书在版编目（CIP）数据

心若安，可步步生莲：古诗词中的千古禅音 / 陈靖文著. —哈尔滨：哈尔滨出版社，2018.7
（走近古典品人生）
ISBN 978-7-5484-3768-0

Ⅰ. ①心… Ⅱ. ①陈… Ⅲ. ①古典诗歌－诗歌欣赏－中国 Ⅳ. ①I207.22

中国版本图书馆CIP数据核字（2017）第298259号

书　　名：心若安，可步步生莲——古诗词中的千古禅音

作　　者： 陈靖文　著
责任编辑： 任　环　李金秋
责任审校： 李　战
装帧设计： 上尚装帧设计

出版发行： 哈尔滨出版社（Harbin Publishing House）
社　　址： 哈尔滨市松北区世坤路738号9号楼　　**邮编：** 150028
经　　销： 全国新华书店
印　　刷： 哈尔滨市石桥印务有限公司
网　　址： www.hrbcbs.com　　www.mifengniao.com
E-mail： hrbcbs@yeah.net
编辑版权热线：（0451）87900271　87900272
销售热线：（0451）87900202　87900203
邮购热线： 4006900345（0451）87900256

开　　本： 787mm × 1092mm　1/16　**印张：** 12.25　**字数：** 135千字
版　　次： 2018年7月第1版
印　　次： 2018年7月第1次印刷
书　　号： ISBN 978-7-5484-3768-0
定　　价： 36.80元

序　言

不知你可曾在阅读时有过这样的感受：漫卷诗书，突然就有那么一句径直闯入了你的内心，就像是在疲倦的夜路中遇到了人家灯火，又像是在急躁的暑热中有幸邂逅了一片浓荫，叫人心生欢喜，叫人自在轻松。

这些带给人感悟的诗词是天赐的宝贝，带着灵魂的香味与读者相遇。它们是文人墨客在因缘际会下得到的思想灵光。这种稍纵即逝的东西，经过最用心的锤炼推敲，才变成了书页上最美好的诗词文字，然后静静等待有缘人的发现和喜爱。

古诗词中的千古禅音，就像是静静盛开在历史长河中的一朵青莲，自顾自地出水、自顾自地绽放，永远都只把自己最美好的一面展现给有心前来寻觅的人。当你经过万水千山最终走到它面前，才会在静日的赏玩里品出其中的真味，才会懂得一字一句都蕴含着无限丰富的禅思哲理。

潜藏的禅音有着神奇的魔力，总是能够轻易拨动人的心弦，从而在不经意之间弹奏出最美妙的共鸣之音，带领我们进入千百年前文人写作时的精神世界，去体悟那些高出生命的意趣和思想。

就像是一棵树在风里将颤动传递给另一棵树；

就像是一朵游云在长空中用闲淡舒展开另一朵云；

一个灵魂对另一个灵魂的影响，总是在不经意之间，用最微妙的方式产生。

通过这些诗词观生活道理之门，然后我们才知道，最脱俗玄妙的东西，看似虚空，实际却最简单、最自然，无论是谁都可以渐臻佳境。

一座山教给人沉静，一条河教给人灵动；在天即为最潇洒自由的浮云，在地同样可以通过采菊东篱获得心灵的宽广。自然早就以它的方式把各种深刻道理呈现在众人眼前，区别不过是看见与没看见、领悟与没有领悟而已。

得失之心、名利之心、生死之心不过都是飘浮在人修为之路上的尘埃。从困顿悲愁中解脱，不过就是把这一切的浮尘、一切的杂念、一切的欲望都看淡、都放下，然后物我同化，然后心灵祥和，然后才能得到思想的彻悟、人生的安然。

陌生人，只愿你在此书的文字里渐渐静下心来“看庭前花开花落”“望天空云卷云舒”……

目录

目录

目录

第一章

任·自由·于刹那生花

第一节　花开花落非僧事，自有清风对碧流

三四月草长莺飞、花红柳绿，正是江南一年中风光最美好的时节。哪怕他这个文墨浅薄的边疆男儿、看惯了大漠孤烟的远方来客，途经此处也不免被蒙蒙烟雨拖住了前行的脚步。自幼所见都是大山大河的雄伟，他从来不知道原来山水还可以有这样秀丽清雅的一面。

行至浙江沿海，即将要进入水乡时，便在码头将船换成了当地特有的画舫，小巧精致，一如眼中所见的城镇人家。他满眼都是惊奇，看着青瓦白墙的水乡建筑、沿河两岸雕饰精美的亭台楼阁、远乡近郊的桃杏垂柳，只觉得一切都美好得不真实，仿佛置身画卷中一样。

甚至连路过一座拱桥都忍不住要感慨一声。

原本江南水乡里河道就如蜘蛛网一般密集，自然多的是石桥、木桥，何况江南人的性子本就偏向于温柔儒雅，喜欢在细枝末节的东西上下功夫，所以虽然桥极多极密，却鲜有雷同。或是纤细如柳叶，或是圆润与水中倒影合成玉盘，或是三盘九曲显得匠心独运。每一座桥都有自己的姿态和名字，本就是江南很别致的一道风景。难怪远客对此赞叹不已，难怪诗词画卷从来都偏爱此处。

他觉得就连水中倒映的远山都是柔美的，头顶相同的一片天空也在这里显露出水一样的润泽和婉约。

到最后他甚至觉得连船夫身上的蓝布衫都是美好的。人们用水乡

特有的植物来染布，或深或浅的蓝色像是碧空、像是清水，穿在身上总感觉能够和四周的景色融为一体。他从来不知道原来生活除了豪放劲爽之外，还可以呈现出如此精致工巧的一面，似乎这里每一日的生活就是在写一首诗、画一幅画，天上人间，不过如此。

难怪自古以来，那么多文人墨客都在反复歌咏着江南，此刻他身临其境，才知道长眠于杏花烟雨，原来真的是一种幸福。

怎么可能舍得离去，停留才是理所当然的选择。

还在长安的时候，就听友人说碧流寺，说其深幽雅致，值得一观，如今身在江南，自然会生出前往深山古刹借宿几日的念头。

弃舫登岸之后先是在城中市集上闲逛了一番，紧接着又在临河的酒楼上尝了一下水乡风味，才终于觉得兴趣酣畅，可以暂别城郭，往郊野中行去。

然而，在陆地上看江南风景更是觉得雅致精巧，从脚下的青石板到路边人家的朱门轩窗，从拂面摇曳的柳枝到缠绕盘旋、花开正好的藤萝，从街头巷尾飘扬的酒旗到深院中隐约可见的飞檐斗拱，每一个细节都紧紧攫住他的目光，所以毫无疑问，前行的脚步一再被放慢。以至于出城门看见溪头片片荠菜花的时候，日头都已经西沉，独独把一抹橙光搁置在流水中。

因为担心天黑之后在密林山径中迷路，所以这才匆匆加快了前往古寺的步伐。

像是倦鸟追着太阳的尾巴，一路都跟在余光里，甚至大步流星地穿过竹编的篱笆，只求赶快到达落脚的地方，也就来不及去欣赏郊野风光。毕竟，纵使江南风光再美好，也不能在三月尚寒的夜里露宿山林。

最终赶在山寺闭门之前抵达了碧流寺，在老僧的带领下前往禅房，一颗紧张急切的心才算放下，才重新提起打量赏玩四周风景的兴致。

一路急行，并没有留意从城镇到山野的过渡变化，此刻独自在禅房中，才逐渐察觉到此处的清幽静谧和白日里所见的烟火热闹已是截然不同，只可惜今夜无月，无法来一次说走就走的夜访。

只好怀揣着对四周景色的好奇之心睡去，把全新的观感留待明日清晨。大概是心情格外欢畅、周遭又格外寂静吧，几乎是被衾刚暖，他就已经沉沉睡去，梦乡竟也像是行舟一般荡漾。

一夜安眠，晨起时心情如旭日一般明朗，这才来得及细细打量周遭的景色。寺院的建筑古朴而祥和，三面环山一面临水，隐在浑然的青碧光影里，只觉幽静到了极致，的确是个清修参禅的好地方。

寺院中最吸引人视线的正是庭中这几棵苍老雄健的松树，枝干粗壮，至少两三人环抱才能围住，树冠在岁月长久的洗刷中显得格外深碧，比近处山林的新绿多出一份厚重庄穆的意味来。苍劲的枝干更是刻满了岁月剥蚀的痕迹，格外有历史的沧桑之感。真不知是先有这松树然后依傍着它们建立寺庙，还是在寺庙建成之后才栽种这树，总归是相互依傍着，看尽了沧海桑田吧。

他想往山门去看看这流水的正身，应该也是清幽澄澈、与山寺浑然一体吧。穿过禅房才看到前庭中还有一棵巨大的山杏，枝干先是抵着廊柱径直而起，后才逐渐散到空中，像是张开的华盖、天然的亭台。如今花开正好，就像是一大片浅粉的云霞，歇在长廊上不愿离去。

有僧人持长帚在庭中扫落花，树下已经稍稍堆积一簇粉色。

他倚着山门看沟壑，涧中流水悠悠东去，丝毫不知滞缓。他只觉得这水似乎也被日复一日的晨钟暮鼓声濡染得有了些微禅音，长久听之，叫人连心灵都归于沉寂，几乎就要忘却时间的流逝了。

良久之后他折返禅房，仍看到僧人在闲扫落花，一阵风起，枝头的花瓣簌簌落下，几乎布满了整个庭院。他只觉得落花甚美，不明白为何要一一扫去。正想走上前去攀谈，便看见顽皮的山风贴着地面席卷而来，把满地的落花吹得更加凌乱，他本在暗自感慨山风通达人意，打断了僧人不解风情的行为，本以为僧人会愤然离去，却不想其神情依旧、动作依旧，泰然自若，既没有为之烦恼，也没有任何怨怼，似乎根本就没有起过风。

他这才把关注的视线从寺庙周围的景色上转到了寺中僧人身上。他发现这个扫地的僧人根本就不是在扫落花，落帚的方向全是随性无章的，根本就没有要把残花聚拢然后清除的意思，只是在重复着手上的动作而已，所以才能丝毫不被山风搅扰，始终保持着自己的节奏和安然。

而这种安然似乎明确存在于寺庙中每一个人的脸上，不管他们是在上香、诵经、劳作还是饮食，表情都是一样的安静悠然，就好像花开花落、人来人往都像山风流转一样自然，根本不应该为此有情绪的波动和心态的变化。

他似乎明白了古刹的闻名绝对不只是因为山水幽静……

寺中有得道高僧，才能入仙脱俗，才能逐渐把人心中的安然之境传递到四周的环境之中，使一草一木都浸润在禅音的高妙之中，达到自然和谐的境界。

由此观之，他步入古寺之后所感觉到的静谧幽深并不是完全来自于青山流水，更多的则是受到了高人心灵境界的影响，在别人所织就的物我一体的和谐境界中，偶尔窥见了一丝禅理，在极度放松宁和的环境中任由思想游走。这种影响就是一棵树摇动另一棵树，一片游云撞击另一片游云，一个灵魂散发着特有的香气从而吸引住另一个灵魂。

他从进入寺庙的那一刻起就是自由的，不知不觉地在这种氛围中卸下了尘世的包袱，心底所有的烦恼欲念都被香烟佛音荡涤干净，整个过程悄无声息，甚至自然到连他自己都没有察觉。若不是看落花的时候留意到僧人无为的扫法，他根本就不会去思考其中的道理，也就不会意识到自己的变化。

潜移默化之中灵魂被洗涤，这何尝不是一种幸福？

他突然羡慕起这松树、山杏、青山流水来……想来，如果能够长久地处在这样和谐妙悟的氛围之中，说不定灵魂开出的花朵，会比山杏的花更加美好。

于是得悟，遂而成诗：

碧流寺

牛仙客

步步穿篱入静幽，
松高柏老几人游。
花开花落非僧事，
自有清风对碧流。

第二节 飘飘何所似，天地一沙鸥

犹记得草堂刚刚落成的时候，他一度以为自己的余生就将在蜀中度过。

对于在战乱中漂泊的人而言，见惯了生离死别，看多了遍地饿殍，这一间简陋的茅屋就足以让人的身心都安定下来。更何况门前就是婀娜的浣花溪，窗扉正对着千秋积雪的岷山，屋后更有棵棵桃李……难怪在颠沛中受尽苦楚的小儿要把茅屋唤作天宫。

春来，门前杨柳勃发，黄鹂婉转的鸣叫声沁入梦里边，小儿拎着篮子，跟在他后边亦步亦趋，把一个个白嫩的笋芽装在竹篮里。去岁友人赠予的腊肉还剩下最后一块，用今春的新笋，炖出浓郁的高汤，若是搁上一把园子里新长出的小葱，味道就堪称完美了。松香、肉香，笋鲜、水鲜，一顿美味就足以安抚整年劳累的家人。

毕竟，没有什么比一家人安稳地生活在一起更重要了。

在黑暗腐朽的社会中半生沉浮，在忧国忧民的情怀中愁思难抒，他习惯了把世间百态化作笔下的文字，他习惯了为别人的苦楚而苦楚，他似乎从来都没有为自己活过，他早已忘记自己想要的是怎样的生活。

年近半百的时候再度入蜀，结束了两年多的漂泊流离又回到自己的小小茅屋，他看着园中杂草丛生，看着林木欣欣向荣，竟然会从心底生出一种落叶归根的情绪来。

一家人平平安安，一间茅屋遮蔽风雨，三两好友时时相聚，数卷诗文可读可写。他觉得世间再也没有比这更好的日子了，他甚至觉得眼下的安定能够抚慰自己的思乡之情了，纵使客死异乡也没什么不能接受的。

所以，即便是茅屋残破，连天漏雨，日出晒被时仍然有着玩笑戏谑的心情。即便是躬耕劳作累得腰酸背痛，依旧信心满满地规划着在小园里种花椒和蚕豆。即便是寄人篱下、生活艰苦，灾年里稚子饿得在东门索饭号哭，却终归是一步步熬过来了。

生活正像门前昂扬的枇杷树。当年亲手种下的小树苗虽然历经风雨、严寒与酷暑，却终究是一年比一年粗壮，也可称得上亭亭如盖、硕果累累了。

然而，他终究是不能放下安民治国的政治抱负，他满眼满心都是百姓的疾苦，恨不能时时刻刻为他们振臂高呼，这就决定了他永远都无法像陶翁一样彻底归隐田园。

更何况文人从来都不是合格的农民，四季劳作不歇却鲜有收获，残酷的剥削和严苛的赋税像沉重的大山一样压得人喘不过气来，家中小儿嗷嗷待哺，巨大的生活压力逼得他重新走进黑暗的官场中去。定居蜀中的日子里，他在好友严武的推荐下再度入仕，担任检校工部员外郎，成了严武的参谋。

然而他的气节、他的傲骨始终在与黑暗的政治对抗，他屡次为官又屡次辞官，终究还是因为迈不过自己心中的坎儿。

他长期生活在社会的底层，饥饿、穷困是其生活的主旋律。他经历过幼子饿死的凄惨遭遇，在流亡与漂泊之中见多了流离失所、疾病缠身的百姓，见多了被贪官污吏逼上绝境的可怜人，这些深深触动着一个文人的心灵。所以他又怎么可能混在歌舞升平的官场中，怎么可能鱼肉百姓，怎么可能心安理得地无所事事、随波逐流呢？

前途的黑暗、良心的谴责夜以继日地折磨着他，于是在官宦场上出出入入不得其所。

那是永泰元年（公元765年）正月，他不堪忍受官官相护的名利场，遂辞去职务，返回浣花草堂。他庆幸自己还有路可退，他深知乡野生活虽然辛苦艰难一些，却不至于以心为形役，不至于压抑本性无法自已。所以返回草堂的时候他整个人身心都是放松的，甚至一到家就开始规划在园子里种一行梨树、添一块菜地。

世事却往往不肯如人愿。

这一年四月，一路提携庇护自己的老友严武去世，他在成都唯一的依靠也没有了。渐渐步入人生的暮年，思乡之情一日比一日深重，辞去了官务又失去了好友的接济，草堂里的生活难以为继，他只能携家由成都乘舟东下，另寻安身之所。

连日来舟车劳顿，前几日还在甲板上游戏的子女，近几日都躲在舱中昏睡，独留他一人站在暮色中。客船顺着长江一路东行，离蜀日久，早已进入荆楚地界，动人心魄的三峡险峻前两日已经安然度过，江水流入平原，日渐开阔。

江岸上柔嫩的蒲苇随风低伏，吹过来的风带着青草的味道，入夜的江面上隐约只能看见这一根高耸的桅杆，仿佛天地都凝固了，只有这一艘船还在连夜前行，只有他一个人独立在天地之间。

水天交融，像是一片柔软的绸缎，悬在天上的星子和倒映在江面的星光交相辉映，逐渐辨不清何处是水，何处是天。有那么一刹那，他甚至觉得再往前走一步，自己就能踏星直上九霄云外了，若果真如此，世间的忧愁自会随风远去吧。

直到一轮明月从水天交接之处跃出，他才看清浩瀚的江水。月亮越升越高，光亮倾泻如瀑布，把整个世界都照得清晰可见，江像是沉睡的蛟龙，粼粼水波像是一块块的碎银，风起时他甚至可以看见自己斑白的鬓发。

江水无声滚滚东流，似乎从来都不知道停歇，从来都不知道岁月、时光为何物。人在这无尽广袤的天地间似乎格外容易感慨自己的心绪，他回想自己的一生，致力治国救民却在仕途上屡屡受挫一事无成，兴之所至写下的诗文反倒成就了盛名，可叹命运的捉弄。只是这样的虚名又有何用，它不能成为救灾的粮食，也不能成为治国的良策，它于国于民都无用，要来做什么？

他在苍茫的水天之间感到无尽的孤独正向自己袭来，人生的旅程已经过去大半，除了一点虚名和一点诗文，他什么都没有。没有前途，没有积蓄，没有片瓦可遮身，甚至连自己妻儿的温饱都不能保证。不仅是亲人朋友不能理解自己，有时候连自己都觉得不理解自己，世人都在浑浑噩噩地活着，为何唯独自己想要挣脱这污浊、想要为心中那点子理想骄傲而艰难地活着？

心中压抑的情绪逐渐酝酿成诗，他迫切需要抒发，对月吟哦一首：

旅夜书怀

杜甫

细草微风岸，危樯独夜舟。

星垂平野阔，月涌大江流。

名岂文章著，官因老病休。

飘飘何所似，天地一沙鸥。

他就像是一个溺水的人，在孤独的海洋里苦苦挣扎，漫无边际的孤独冰凉而沉重，一波一波向着自己袭来，就快要无法呼吸。

在他的生命里，孤独一直如影随形。

年少时第一次在官场里受挫、第一次看见那些赤裸裸的权钱交易、深感朝政的黑暗时，正是他觉得最孤寂的时刻。就好像原本光明的世界突然被巨大的黑暗遮蔽了，不知前路在何处，不知该往哪个方向迈步。

中年时丧子，看着妻子哭得昏天黑地，他只觉孤独刺进了骨髓里，无论往何处都让人疼痛欲裂。他早就知道饿殍遍地的社会中有太多人在经历家破人亡的痛楚，他为之同情为之愤怒，却从来都没有想过同样的事情发生在自己的身上时，竟会有如此强烈的无力感。他无力让妻儿穿暖吃饱，无力拯救这个混乱的朝廷，这种情绪渐渐磨灭了人的意志。人麻木到无知无觉才是痛苦的极致。

此刻他独自站在苍茫的天地间，觉得自己就像是流浪的沙鸥，只能任由风雨、雷电重重地砸下来，全无反击之力。甚至还不如沙鸥，它尚可在天地间自由来去，哪像自己被家庭、利禄所牵累？

可是他又爱着孤独。

他深知自己内心的宁静，自己思维的多彩正是来源于此。若非孤寂如影随形，他怎么可能有机会细细体味自己的情绪和思想，怎么可能有机会创造出浑厚的诗文，怎么可能理解自己，一路坚守作为文人的底线？

他在暗夜里面对的正是自己的灵魂，孤寂让他越来越理解自己，他坚信他之所往，必是坦途康庄。

这孤独，何尝不是人生常态。

人的灵魂从来都是孤独的，像是深谷中独自盛放的一株繁花，像是天地间流淌不息的一条河川，又像是流云间穿行的一只野鹤，自己尚且无法解释思维流动的轨迹，又如何能够奢求有一个完全懂你的知己？

因而你生命中最壮阔的那一次日出、那滴恰好打湿衣衫的晨露、那些静夜里折磨心神的烦忧、那个潜藏在内心深处最美好的梦想，永远只能属于你自己。这些大大小小的孤独的瞬间正好填满你人生的空隙，正是这些孤独，充盈着每一日的生活，它们所带来的宁静和沉思，终究会变成生命里的珍珠。

人何尝不是在这些孤独的横截面里理解自己，然后建立起对整个世界的认知。孤独带给每个人的正是灵魂的自由、思想的驰骋，让人在绝对的安宁中，等到属于自己的繁花、属于自己的飞鸟。很多丰富精彩的艺术作品，何尝不是孤独的产物？

且去享受你生命中的孤独吧，就像看花开花谢、看云卷云舒那样。站在生活的外面来看待自己的得失喜悲吧，愿你终能找到自己灵魂的净土，知遇自己，感悟自己，遂得到精神的自由。

第三节　归去，也无风雨也无晴

大好春光里与友同游，兴致高昂时，竟觉得凄苦荒凉的黄州山水也甚是可爱。

远处起伏的重山已经从冬季的荒凉寂静中醒来。如潮水般萌发的新叶一天一个颜色：起初叶子舒展开来透着娇嫩的鹅黄色，然后被春风刷洗得碧绿通透，后来绿意渐渐沉淀下来，变得深幽清净。繁密的林木枝枝相交叉、叶叶相覆盖，若逢风起，它们就像是翻滚的波浪一般涌动，清凉之意直渗透到人心底，仿佛志在激起澎湃的生机。

近处奔腾的流水因为融化的冬雪而显得愈发壮观，河面明显比寒冬里他来垂钓之时更加宽阔，翻滚的水面闪烁着粼粼的波光，若是轻垂钓竿，说不定能够钓起隐匿在水底的星子。

两岸芦苇新发，柔柔地在水边荡漾，此时的日头温暖而不刺眼，若是能任舟漂荡，随流水去往桃花盛开的地方，倒也算得上不辜负春光。

不知名的野花星星点点地散落在路边，不熟悉的鸟鸣长长短短地飘到耳边，人不由自主地就在和煦的春风里卸下了心灵的枷锁，只想完全投入其中。自然它原本就有一种神奇的愈合力，能够慢慢抚平人心底的创伤，所以自古以来，文人都有出仕则隐的梦想。陶翁归隐，心灵的拘禁撤去，所以笔下的文字越来越活色生香。从“乌台诗案”的绝路上走过来，他有时竟会觉得无论被贬谪，还是被放逐，只要活着，活在山水的环绕之中，还有什么不满足的呢？

来黄州三年，他早已熟悉了此地的山水风物，也结交了两三个相谈甚欢的好友。仕途不如意虽然可惜可叹，如今也不算是陷在失意悲愤的泥潭中挣扎不起了，生性原本就是洒脱豪放之人，又怎么会拘泥于物质上的得到与失去呢？

本是存了一股子文人的雅兴，让跟随的仆童先行上山，取幽谷中的一瓮泉水，烹茶以待，按照他们缓缓行去的速度，正好在茶出第二次水之时赶到。山顶凉亭、新茶、清泉配上松风，何尝不是幸事一件。

那是一棵早开的杏树，枝干曲折，倒像是匠人精心雕琢的一件工艺品。许是山口温暖的缘故，竟是今日出游他们所遇到的最为繁盛的一树春花了。远观只觉得像是一朵贪玩的云霞落在山间，走近又觉得倒像是蒸腾起来的绯色烟雾，美好得像是在这人间留不住。杏花的颜色柔和得就像是少女的脸颊，白里透红，在早春的天气里，看上去格外舒服。

一群人围着杏树，或是剪裁出自己想要的画面构思成图，或是争先恐后地把关于杏花的诗歌吟诵出来，或是兀自神游，说不定灵魂已经化作了翩跹于花丛的蝴蝶。兴致正浓的时候，谁又会注意到天边渐渐聚拢过来的乌云，前一刻还是晴空万里，后一刻急雨就如落豆噼里啪啦砸下。

一瞬间所谓的儒雅、所谓的气度就像枝头的花一样，被雨打落。他看着好友四处逃窜的模样，不由得觉得趣味横生，甚是值得把玩。有人三步并作两步快速地躲到树下，却不料早春里枝叶刚刚萌发，稀稀疏疏难以遮风挡雨；有人一时情急竟撩起长衫来挡雨，模样说不出来的滑稽；更是有人大步往前奔去，偶尔在不平的路上绊一个踉跄。只可惜这荒山旷野，此处是雨，前路也是雨，又能逃到哪里去？

他倒是觉得这春雨已经没了冬日的阴寒，打在衣衫或是头发上，都可以接受，甚至还有一丁点刺激。

淋雨时就像是突然回到了童年时光，他领着弟弟在雨中嬉闹，用力去踩踏地上的水洼，水花四溅中兄弟俩的笑声格外清朗，仿佛天地之间最令人欢喜的就是这场雨，就是这场游戏。此刻虽没有弟弟相伴，也早不复当年的赤子心怀，却依旧对这无根之水心生欢喜。

此处是雨，前路是雨，归途还是雨，既然无法躲避，何不用心去接纳、去享受呢？

不要去听急雨拍打竹叶的声音，节奏太过铿锵，会让人误以为是在战场。其实，下雨和日出并没有实质上的区别，也不会妨碍人高声吟唱悠然前行，不信你看这一根竹杖、一双芒鞋，何尝不是轻便胜过纵马？雨水带给人的清凉，何尝不是人生的一种体验。若是能得一件蓑衣，走遍天下的山水也就不成问题了吧。

洒脱，原本就在于人的态度。

谁料这春雨的性子甚野，来得急，去得更快，丝毫不给人适应的机会。雨比风还急，一扭头说走就走，乌云消散，日头顷刻之间就从山头的云层里钻了出来。原本打湿的衣衫被风一吹还有些微微的凉意，激得人就快要从微醺的醉意中清醒过来，却不想此刻为春日所照耀，暖烘烘地又要陷入另一种沉醉中去。

天既已放晴，先前被急雨驱散的众人此刻又聚集在一处，笑谈刚刚的狼狈场面，气氛甚是活跃，似乎刚刚急雨带来的困扰烦忧，随着雨停也就消散了，并没有在心里留下痕迹，也没有影响继续出游的兴致。

最喜欢雨后初霁的天气，雨水冲刷掉世间诸多烦闷，将躁动的心清洗得干净而通透，雨后的空气里满是青草和泥土的味道，竟比高手烹制的好茶还要令人惬意。何况急雨之后又现出温暖的阳光来，只觉万物在阳光的照耀之下都透出昂扬的生机来，人心也跟着活跃了不少。

雨来去匆匆，并没有让脚下的山路变得泥泞难行，反而是一路行来，只觉得新叶更加翠绿欲滴，只觉得花儿的甜香更是沁人心脾，甚至还能听到雨水滴落在山石上的声音、鸟儿振羽抖落水珠的声音，果然是空山更在新雨后。

终于在山顶的巨石上得以一品佳茗，用山里拾来的枯木生火，用泉中盛来的清水烹茶，等松风拂去最初的燥热，入口时只觉得尽是清香，心也丝毫不沾染人间烟火。若是静心品悟，便会觉得这一杯清茶滋味甚是丰富：树荫的清凉、日光的和煦、春风的轻柔、落花的甜香，尽在其中。

喧嚣了一路的队伍，也在这一刻安静下来，格外默契地品着茶水的味道、观赏着山顶的风光。

日落之时回程之中，再次路过那一棵盛放的杏树，它似乎已经在温暖的阳光里恢复了元气，丝毫看不出来经历了风雨的摧残。而那场急雨、那些狼狈一点点踪迹都寻不到了，似乎根本就没有存在过……

定风波

苏轼

三月七日，沙湖道中遇雨。雨具先去，同行皆狼狈，余独不觉，已而遂晴，故作此词。

莫听穿林打叶声，何妨吟啸且徐行。竹杖芒鞋轻胜马。谁怕。一蓑烟雨任平生。

料峭春风吹酒醒。微冷。山头斜照却相迎。回首向来萧瑟处。归去，也无风雨也无晴。

夜里在灯下作词，一边回忆一边思考，对着恣意飞扬的文字，他好似品味出一丝别样的味道来：人生高低起伏的变化就像那场来去无痕的急雨，以当时的角度观之，就是一场暴雨一场变故，让人觉得狼狈觉得烦忧；可是若以久远的角度再观，就像雨停日出一般了无痕迹。

人生中难免会遇到太多的急雨，困难挫折往往来去都无迹可寻，径直砸在那些自以为坚强的头颅上，让人措手不及，尽显狼狈尴尬的姿态。在这种情况下，有人会不顾一切地逃窜，殊不知前路也是一样的泥泞难行；有人会气度尽失，骂骂咧咧诅咒人生和命运；更有人会被突如其来的磨难彻底打倒，陷在失落颓唐的泥塘之中再无翻身之日。可与此同时，依旧有人能够笑对人生的风雨、自在坦然地前行。人品高低、智慧高下往往就在这一刹那展露无遗。

很多时候打败一个人的并不是困难本身，而是潜藏在人心底的恐惧。

因为怕被雨打湿衣衫、因为怕湿漉漉的尽显狼狈之态，所以在明知无处可躲的时候，偏偏还要逃窜躲避，自顾自地寻来种种烦忧羁绊。因为怕失去眼前拥有的声名，因为怕从这高高在上的地位跌下，所以人的欲望越来越不可控，不由自主地用尽一切手段去保持自己的身份，去尽可能爬到更高的位置，殊不知不择手段的同时，已经失去了原有的气度和追求。

反而坦然接受，能够给予人最洒脱的姿态。

从来没有一棵树会避讳被风雨打湿，它们往往极其兴奋地舒展枝叶去迎接每一滴雨，摇动出最欢快的舞姿去拥抱每一阵风，所以风雨从来都不吝啬给树木最好的营养，使之成长为最巨大的华盖、拥有最优美的身姿。人在看一棵树的时候，也只会欣赏它的姿态、它的雄壮，而不会去考虑它在风雨中所受的磨难。

人生何尝不是如此，每一场风雨、每一次起伏都是最自然的过程，当你有足够强大的内心去迎难而上，又何尝不是将之变成自己人生中的一次体验呢？暴露在骤雨之下，才会知道困难并没有想象中那样可怕，坚持走下去，总会天晴的。相信在若干年后回顾的时候，一定会看到曾经的荆棘也绽放出了别样的鲜花、曾经的伤痕都变成了最坚固的盔甲，正是所有的风雨才成就了一个人、丰富了一段生命。

归去，也无风雨也无晴，只有吾心愈来愈强大。

第四节　腾身转觉三天近，举足回看万岭低

根据古书记载，泾县西五里，有山名曰水西山，此处林壑密布，旧建有宝胜、崇庆、白云三寺，合称水西寺。浮屠对峙，楼阁参差，碧水浮烟，咫尺万状。

如此俊秀的山水、如此浑然天成的建筑，历来被文人墨客交口称誉，既然游历到此处，自然没有理由错过。

傍晚出城，一路乘船顺着泾溪直下，船驶进崇山峻岭的包围圈中以后，原本宽广的水面突然就被两岸青山夹进了沟壑，平缓的水流也渐变得湍急，人在船上，浪花拍岸的声音清晰可闻。延绵的山势也陡然变得奇峰林立，各有各的形状，各有各的威仪，不再与之前所见的相似。山体被流水侵蚀已久，有些地方竟然形成了洞穴，流水声被放大，别有一股豪迈之气。定是因为水汽润泽的缘故，两岸山峦遍生林木，而且格外深幽茂密，偶尔一两声猿啼，显得更空寂。

一个转弯之后水流又略微缓和，船夫用船桨示意前面便是水西寺了，顺着所指的方向眺望，依稀能在浓密的林木之间窥见一两处飞檐，心中不胜雀跃。随着小船渐行渐近，眼前的阻碍也逐步撤去，隐约可见楼阁集聚，巍峨肃穆，云烟环绕，美得如同传说中的海外蓬莱。

船夫熟练地将船泊在山前码头。一路只顾看山水，此刻才觉出一抹斜阳挂在山头，明亮的色调更是烘托出佛寺的庄严神秘来。暮鼓声

已经快要散尽了，晚上山路难行，遥遥望去，只有几个归宿僧人的身影被残日拉得格外绵长。

今夜将暂歇于江水摇曳之处，明早再趁着曦光上山寻访高僧，登山观日出，何尝不是乐事一件？

入夜，明月几乎就是从不远处的水面上跳出来的，流水在月色下熠熠生辉泛着银光，想来水下龙宫此刻定是觥筹交错、灯影幢幢吧。水雾丝丝缕缕飘浮在船边，让人不禁生出恍若在云间穿行的错觉。山木浓黑的影子倒映在水上，或是重合的色块，或是飘逸的线条，一幅浑然天成的水墨画，只为有缘的人展开。

他就是在此情此景中邂逅了这位不知名的山僧，那人在月下白石上静坐，安静得就像是另一块山石。不知是何处云游的僧人，不知为何没有上水西寺借宿，悠然超脱的身影似乎是突然在夜色中显现出来的。据说刘宋时曾有一位杯渡和尚，能够以杯渡水，眼前之人莫非就是传说中的得道高人？若如此，自然不能不与之结交。

一起并肩赏月的时候，他才略略品味出山僧此行的缘由来：本就是为了一方山水，自然会宿于泾溪，不然怎可见如此绝美的月色、水雾、树影。既然不是为了学佛理听禅音，自然也就不必艰难夜行，去登这画里的水西山。

他生在山水秀绝的蜀中，年少时为了求学更是辗转游历蜀中各地。二十多岁怀着满腔的壮志豪情出蜀，“仗剑去国，辞亲远游”，一路结交江夏文人好友。后来为了所谓的雄心大志反反复复在长安周围飘荡，看尽了名山大川，也居住过穷街陋巷。天宝初年，官至翰林。在为帝王做御用文人的日子里，更是频繁出入宫殿府苑，体验了一把世间最繁华、最奢靡的生活。

辞别长安以后，他更是多少年都把自己的身心放在九州大地上，一次次为了寻求志同道合的友人、为了赏玩古书记载的锦绣山水而奔赴、而行走，太多的游玩心得都变成了笔下精彩的诗文，浩瀚不胜枚举。他原以为自己便可以称得上见多识广了，却在今夜与山僧的交谈中屡屡败下阵来，有时明明两人去的是同一个地方，他却觉得高僧描述的山水更加鲜活灵动，于是无言、于是静听、于是心生仰慕……

夜话甚欢，竟不知何时告别、何时入眠，只知梦醒时分天已大白。

急望，才看见山石上的折柳，想来这就是友人的告别吧，那样的人，想来也不会因睡梦而错过日出的胜景。这场相遇因水而始、因山而终，会心一笑，心神恍惚随之而去。

想来僧人手中的禅杖定会在布满青苔的山石上碰撞出清脆的声响，唤醒藏在树林深处尚未醒来的鸟儿。它们低一声高一声地用略微干涩的鸣叫声回应，诉说着被惊扰的不满，诉说着昨日梦中的山林。继而这些鸣叫声渐渐被水冲刷得透亮，于是越来越饱满自得。鸟儿们互换歌声，丛林很快变成一片乐曲的海洋，似乎再也辨认不出禅杖敲打台阶的响声了……

山僧却在鸟鸣声中一步步稳健向上，身形在云雾之中格外俊逸洒脱，似乎就要一路青云直上天宫，红尘凡世中的一切苦闷忧愁都不能扰乱其心神，一切喧嚣热闹都无法束缚其自由。

登上山顶的时候，触手可摸到林间游云，只觉与晴朗初亮的天空无比接近，而回望辛苦攀登的众山，肯定会觉得低矮，不足所谓。处在凌步青云、一览群山小的视野之中，豁达开朗的情怀几乎是油然而生的，似乎就因为心中装下了这苍茫的天地，灵魂也得以自在翱翔。

他就是在船头仰望的时候，又看见了山巅凸石之上那个挺拔傲然的身影。太阳从远山的怀抱中一跃而出，半边天都像火烧一般绚烂，朦胧的夜色顷刻间就消散了，天地重回崭新的光亮之中。太阳在水面上投下万丈光芒，似乎有一种俯瞰众生的慈悲。

明明相距太远连身形都几乎不可辨别，他却觉得看见了僧人的神情，清风明月一般干净、劲松绿竹一般爽朗。极度的自由让人浑身上下都摆脱了人世的羁绊和束缚，仿佛这天地都可以尽情翱翔，仿佛所有的草木虫鱼都是可以交流的朋友，极度放松，于是思想也随之进入最活跃的状态。

想来山僧此行定是有所领悟，下一次交谈定会令人受益匪浅。他不禁有些期盼重逢、不禁有些遗憾如此轻易告别，虽然已经错过了日出，却还是一路沿着足迹上山，不为别的，只是想真切体验一下登上山顶俯瞰万物的感受，只是想把这邂逅高人而产生的激情沉淀一下。

他自幼便格外偏爱诗书典籍，多年的积累也可以称得上博闻强识，所以一直都是对各种思想流派有所涉猎，当儒家入仕之路接连碰壁的时候，他难免会在情感上更容易被佛家的思想所吸引。凡俗之世的各种苦恼、欲望常常把人紧紧捆绑，甚至有时候会使人窒息一样夜夜难眠，就连最香醇的美酒都无法排遣心中苦闷的时候，人总是会想要逃避，于是归隐山林就成了最终的选择。就连他自己也说不清楚，自己每到一个地方就去寻找深山古寺、得道高僧究竟是为了什么。

佛家将欲界、色界、无色界称作三界，对应每一个理佛参禅之人所达到的境界。他自知放不下美酒名利并且对诗文风流深深沉迷的自己，不过是最普通的被欲望所牵引的凡夫俗子。

四处游历的过程中也曾遇两三个高人隐士。他们已经能够放下人性中的欲望杂念。无欲无求之人看山不是山、看水不是水，一切的喜悲得失对他们而言不过是浮云空气，再多的嘈杂烦忧也无法扰乱其清修。他本来对参禅的人就已经是满心的敬佩了，根本不曾想彻悟到无色界的人该是怎样一种精神状态，许是大多圆寂升仙，所以更难寻访吧。

想来古书中记载的东晋高僧支道林、慧远应该是了悟之辈吧，只是那样风流自由的时代已经过去了，那样风流超脱的高人也只存在于传说之中。所以在昨夜之前，在水西山遇到山僧之前，他从来不觉得世间真有这样无拘无束、比游云清风更自由的人。

他曾自比为大鹏鸟，扶摇直上，可上九天揽月，可下沧海作浪，丝毫不为蝼蚁燕雀所困扰。可是后来越来越明了依托风才能飞翔的自由终究是有所局限的，任何的倚仗都是束缚、都是禁锢。可是昨夜相识的这个人——此刻在山林中远去不知所终的这位山僧，明明心怀万物，却丝毫不为尘埃所染，自由得令人嫉妒。不知他究竟如何才能够达到这样的境界，只能在追寻高人的途中一边吟哦、一边思索：

别山僧

李白

何处名僧到水西，乘舟弄月宿泾溪。
平明别我上山去，手携金策踏云梯。
腾身转觉三天近，举足回看万岭低。
谑浪肯居支遁下，风流还与远公齐。
此度别离何日见，相思一夜暝猿啼。

他也登上山顶，最开始浩淼不辨两岸的江水此刻苗条如白练、无休止的层峦叠嶂如儿时老树下垒起的蚁丘、昨夜栖身的小船早就不可辨识、途中甚觉恢宏的寺庙如同掌中的玩物，而那宽广无垠的苍穹却那么近，仿佛只要轻轻一跃，就能化作清风远去。心中竟然也生出前所未有的浩荡来，觉得自己所欢喜、所忧惧的声名、诗文、美酒、功利瞬间渺小如沧海一粟。

想来高僧的心定是时时刻刻保有这样阔达的情怀吧，正因为万物俱在心中，所以才会有超脱凡俗的眼界，才能在最细微处悟到禅味，才能在最热闹处获得自由。吾心即是天地，变化俱在吾心。

“一声猿啼千山过”，他竟在这山巅逗留了这么久，月色凉如水，不知今夜高僧宿在哪一片山水中，又在无声指点哪一个有缘人呢？

第二章

轻·得失·何处惹尘埃

第一节　小舟从此逝，江海寄馀生

被贬黄州，所获之中令他最骄傲自得的并不是文思如泉涌时创作的词，而是临皋亭外东坡之上越来越多的林木庄稼。站在坡顶葱郁的树木之下眺望滚滚长江的时候，竟然也会生出农夫一般质朴的满足感。这些可爱的生命都将是美味的珍馐，自己亲手将之播种灌溉，一日一夜地见证着它们的成长，期待着开花结果的丰收。因为心血汗水的投入，所以这些植物格外令人欢喜。

犹记得刚到黄州的时候，觉得此地跟京都相比，简直可以称为尚未开化的荒僻之地。这里荒山野岭，蛇鼠众多，唯一有的就只是层层叠叠的草木、绵延不绝的山峦。京都里精美绝伦的亭台楼阁、金碧辉煌的宫殿庙宇、热闹喧嚣的坊市集会，都在他的生活中彻底淡去了，时间一久，甚至于留在记忆中的痕迹都逐渐消散了。

然而并没有什么遗憾和留恋，反倒是一日日游荡在山水中，人便会不自觉地想要跟自然建立起某种亲密的关系来，想要日月星辰风霜雨雪都参与到自己的生活中来，于是乎，归隐躬耕之心也就日益浓烈起来。

或是为了聊饱口腹，或是为了打发闲淡的时光，又或者是陶翁的诗歌读得太多，总之在临皋之居建成不久，他便在不远处的荒坡上挥起了锄头，换下长衫着短褐，风风火火地开始自己的农夫生活来。并且饶有兴致地将此地命名为东坡，自号东坡居士，日出而作，日落而息，用心地打理起属于自己的田地来。

他本就生性爽朗豪放，虽然刚刚从乌台诗案的灾难中死里逃生，但所谓的悲愤愁怨很快就被对耕种的好奇、对丰收的期盼所取代。人一旦忙碌起来，那些悲秋伤春、顾影自怜的小情绪也就无暇顾及，自然也就更加豁达自在一些。

虽然很快就和附近的农夫打成一片，虽然得到了他们最为细致的经验传授，初为农夫的第一年他还是了无收获，完整体验了一把“草盛豆苗稀”的失败感。他不但没有想过放弃，反而将这种耕作变成了生活中的习惯：每日在鸡鸣头次的时候出门，在明月高悬之时荷锄归来，渐渐地可以辨别各种野草和庄稼了，渐渐地懂得看云识别天气了，于是东坡上的收成也就慢慢好起来了。

按照自己的规划，种上了当地盛产的柑橘、桃、杏，甚至开始尝试播种时令蔬菜了，他的土地几乎可以满足家人的日常需要了。然而文人的浪漫深深根植于骨血之中，终究还是在林荫浓密的地方建起了专门赏玩休息的雪堂，屋后植竹，廊前种菊，更是费大功夫移植来了一棵枝丫盘结的红梅，无论春夏秋冬，雪堂都有景可赏玩。

索性把诗书藏酒也一并搬进了雪堂，对江饮酒、对月轻吟，哪怕仅仅是看着豆苗在风中摇曳，他也觉得无限欢畅，自然而然在东坡处逗留的时间也就越来越长了。

恰逢入秋以来的第一场雨，雨下得痛快淋漓，将一整个夏季的暑气冲刷殆尽，清凉的空气让人备觉心旷神怡。他本是在檐下看着秋雨连珠，看着雨水转瞬之间便在地面上交汇成曲折的流水、集聚成明亮的水洼，突然之间就很想走到雨中去，就想看一看急雨打在滚滚的长江中将会是怎样壮阔的场面。于是转身披上蓑衣，就开始往东坡走去。

从高处俯瞰，急雨打在宽广江面上的场景就像是万人鸣鼓一般振奋人心，雨水从九天之上垂直砸下，激起高昂的水花，如千万颗晶莹的珠子齐齐坠地，声音激越而通透。江水本就在翻滚着往东流去，此刻更是携裹着千万朵跳跃的浪花一路疾驰而去，犹如万马奔腾一般荡涤人心魂。这是天赐的曲子，是最自然的音乐，兴奋之处忍不住随着“鼓点”手之舞之，足之蹈之。

此刻若不饮酒助兴，岂不是辜负这场好雨？雷鸣一般的雨点声让人心生豪气，三杯浊酒下肚，更是让人如梦似幻，到最后他也分不清自己究竟是醉了还是清醒着，仿佛在沉醉与清醒之间来来回回好几番。

夜已深，凉风硬生生将人从半醉半醒的状态中唤起。踉跄着想要归去的时候，雨早就停息了，被水洗净的夜空上明月一轮、疏星几点，明日大概又是朗朗晴空吧。世间万物都在这深夜里归于宁静，就连白日里奔腾激昂的江水此刻也深深眠去，平静而缓慢地流淌，微波拍岸，倒像是轻柔的安眠曲。

越走近越是能够听见雷鸣一般的鼾声，三更天，家童早已睡去，少年原就不知愁，睡眠自然要更深沉一些，更何况此刻的江水声这样好，几乎就要哄得他这个长期失眠的人陷入美梦了。果然敲门好久也得不到回应，酣眠的鼻息声丝毫没有被打乱。他倚着竹杖听江水起伏波动，想着不如索性折回雪堂，蓑衣铺地，竹林也许容得下他这个有家归不得的闲散之人。

折返，只觉得月光越发温柔，薄如蝉翼一般披在万物之上。他只觉得平日里的豪情壮志也慢慢归于平静，心情柔和得像是要入定。周遭太安静了，仿佛一场秋雨卷走了所有的烦躁，连风都蜷在树梢睡着了，于是他只听得见自己的脚步声，只能叩问自己的内心。

今夜的来来去去何尝不像是他的人生，在出世入世之间走走停停没有定局，有时候就连自己也不清楚自己究竟想要什么，在追逐些什么。为何而喜怒，又为何而存亡？

曾经在朝为官，满心都是忧国忧民，想要把自己满腹的才华转化为施政的智慧，想要为君主担起人臣劝谏之责，想要为百姓谋取安身立命的资本，在官场仕途中苦苦求索，最后感觉整个人、整颗心都被紧紧束缚，简直不为自己所有。

然而这劳累、这奔走居然还比不过几句谗言、几个摘出来的字眼儿。自己因词为人所知，也差点因词失去生命，囚禁在牢狱的日子里，他何尝不是一次又一次怀疑自己的人生定位，怀疑自己半生的追求与坚持到底值不值得。哪怕他愿意为国为民舍去自己的生命，却也终究害怕自己一切的付出都是徒劳。

幸而逃遁到山野，根本就没有功名利禄可以追寻，于是他终于可以放下心中的追逐，完完全全依照自己的内心而活。可以将大把的时光花在规划一块田地的种植上，可以静下心来等待种子萌发、长叶、开花，可以有闲心把一次出游、一次夜行都忖度成诗，就像此刻一样，拥抱心灵的绝对自由。

山坡下竟泊着一叶扁舟，兴起，借来一游。江水平缓，微波阵阵，划至江心的时候，索性连船桨都搁置了，就任凭小船儿随着流水任意漂荡。静卧在船中，头顶是明月星辰，身下是碧波流水，满身的酒香，满心的欢畅，若是在此逝去，将余生交付于江海，何尝不是幸事一件。

今日的心情正好作词一首：

临江仙·夜归临皋

苏轼

夜饮东坡醒复醉，归来仿佛三更。家童鼻息已雷鸣。敲门都不应，倚杖听江声。

长恨此身非我有，何时忘却营营。夜阑风静縠纹平。小舟从此逝，江海寄馀生。

想来天明之时，江面之上必定不会留下丝毫痕迹，就像从来都没有一人一舟深夜来访过；临皋亭与雪屋之间的足迹也必定会随着土壤的干燥而消失，谁也不会知道今夜他来回往返之时是怎样的心情，壮阔抑或平和，都只是他心底的秘密。

人生的欢欣悲哀全部系于人心，得失之感、成败之感、喜悲之感，实则都是内心所起的波澜。今夜他在此处，因为满江流水而欢欣雀跃，谁能知晓漫长的岁月里江水遇过多少新雨，又有多少人对着自然的乐章或舞或醉？前人的情感若不托于诗书，早就随着流水一道逝去，了无踪迹，又有谁能够知道？

汝所谓的悲欢离合、得失怅惘，于彼是惊涛骇浪，于此不过是滴水微澜。甚至可以说于此时是狂风巨浪，于彼时也不过是风平浪静了无痕。

若是精神归于极端的宁静，所谓的情绪又能依傍何物而存在？当人所追求的不过是风调雨顺一场丰收时，再黑暗腐朽的官场、再烦琐繁杂的政务都不可能打扰到心中的宁和。反而言之，当人所追求的是齐家治国时，再美好悠然的田园生活也不过是凡俗烟火，不可能从中得到自我实现的满足。心之所系，情之所托。

如果心灵归于最平静的状态，将得失荣辱全都看淡，一箪食、一瓢饮便能怡然自居于陋巷，一壶酒、一卷书便能得到人生最大的欢乐满足，世事又怎么能够在心中兴风作浪？万般禅理，最后也不过“修心”二字而已。

如果心中了然无一物，又将从何处招惹尘埃呢？

第二节 时有落花至，远随流水香

友人邀约的书信纷至沓来，他却久久没有应邀前往，不仅不为所动，甚至还有一些不解，觉得自己的书房虽在闹市，却一样可以潜心修学，不知友人为何要大费周章在山野密林中修葺书斋别墅。与空山孤云为伴，往来自然没有鸿儒好友，又何谈切磋精进呢？

昨日新收到的东西却意外打动人心，前来的童子并没有像以往那样带来信，所带唯有一枝怒放的山桃。童子额头上微微沁出的汗珠无声诉说着自己的刻不容缓和主人的盛情相邀。“人间四月芳菲尽”，现在早已看不到这样娇嫩而热烈的桃花了，他手中仿佛握着一缕燃烧的晚霞，仿佛正攥着春的尾巴，不由得心动不已，想去看看那逗留在白云深处的春花春雨。

于是就有了今日的出行。

友人爱山，曾经不止一次提过要把书斋修建在群山怀抱之中，不管怎样，如今心愿达成也终归是乐事一件。他一边抱怨山路曲折难行一边自我宽慰排解，否则一路行来这单调沉闷的绿色真是不值得赏玩，让人不禁有打道回府的念头。

他甚至怀疑友人相赠的桃花定是今春最后一枝了，自己本就不该在繁花落尽的暮春里奢望余下什么绚烂缤纷，时光如白驹过隙，哪里会是想留就留得住呢！

山路曲折盘绕却始终循着一定的坡度在往上延伸，所以徒步行进难度才会更大。他大汗淋漓地倚着山石歇脚的时候，犹记得骋目四望，想在漫山遍野的绿叶中抓住一朵潜藏的红花，却长久无所收获。灰心失落之间突然就听到了一两点流水声，并不真切，却格外灵动活泼，想来这就是好友信中常常提到的青溪了吧，于是饥渴的行路人不由得加快了脚步。

重重叠叠的林木就像是严实的帘幕一般，不仅把蜿蜒的溪流完全遮挡，甚至还把潺潺的水声都紧紧包裹在其中，丝毫不向外界展示。若不是山风跑得急了，不小心掀起了浓密的树叶，他或许近在咫尺也无法发现这流水，自然也就无法在掬水的时候顺便看见夹杂在鹅卵石中的花瓣。他几乎一眼就可以看出这绯红柔美的色彩，正是令人心动不已的春日桃花。

他就像是一个追逐蝴蝶的孩童，难掩心中的欢欣雀跃，一路顺着流水狂奔向前，仿佛天地之间只余下这么一件美好的事情。

山间高地，流水渐宽，他确凿看见了水面上打着漩儿顺流而下的落花，也依稀寻到了涧边春草中兀自热闹的野花。这星星点点的色彩就足以让大片的绿林山野活跃起来，就足以让人因这意外的馈赠而回归到稚子一般天真赤诚的心理状态。他突然很期待前路还会有怎样的惊喜，突然很感激朋友的一再相邀，于是步伐也是鹿一般的轻快跃动。

流水之上漂浮着落英的芬芳，沁人心脾，帮人拂去身上的疲倦，因此，上山的行程自然就加快了。当风准确无误地将一片花瓣送到他肩头的时候，路已经断在了白云深处，似乎再往前就只能乘风直上云霄了。他无疑是被柴门边满树烟霞攫住了目光，然后才抽空瞥见雅致的山间小筑，以及廊檐下自在诵读的好友。

究竟是怎样的幸运才能将匆匆溜走的人间春色尽数留在自己的院落？究竟是怎样的幸运才能将青山绿水变成天然的屏风立于自己的书屋？此刻他心中只有无尽的艳羡，甚是后悔自己没有早日前来，应该在山下桃杏刚刚开始凋落的时候上山，就好像紧跟春光迁移的步伐一样，说不定就能够在山上再看一次含苞、绽放乃至飘零，体验两个春天该是一件多么幸福的事情啊！时间掌握在自己手中，就好像天下运之于掌一般，总是叫人格外容易生出豪放自在的情愫。

前路是白云迷蒙，身后是群山绵延。

从这样的高度往下看，山脉峰峦尚微小不可细观，更别说人群密集的城镇村落该是如何渺小，而一个人所居住的陋室更是小到无法辨识。想来自己也曾在居处体味过人间百味，昔日里情绪如巨浪狂澜般泛滥的时候，何尝不是极度放大自己的喜悲，以为那一杯酒、一卷书、一张床、一间屋就是整个世界，以为自己的心情、自己的诗书就是天地间最重要的事情了。如今看来，自己何尝不是狭隘小人，将要长久地贻笑于苍山碧海之间。

所幸，今日得以一睹时空的浩荡，心中竟也因此生出一丝豁达乐观的感觉。

到这书屋做客的，想来也只有调皮的风、走错的鹿和归巢的燕子吧，所以柴门虽设而常开，青苔藤蔓自添一份闲适。老友似乎早就已经看穿了此刻他心中的欢欣激荡，一个眼神交换之后，仍旧诵读自己的诗书，任凭他这个远客自行赏玩。如此默契，自然令人备感舒适。

山间小筑倒像是从白云之上突然降落的一样，得天独厚的布局真心不像是人力所为。柴门正对白云苍山，高耸鹤立的苍山如一个沉稳的哲人，环绕的游云正像是白须迎风飘扬，无言地述说着自己人生智慧的沉积。仁者乐山，或许正是因为其稳重庄穆的姿态，天生就可以满足人们渴望安定的需求，或许更是因为高山拔地而起，俯瞰天下之时更容易让人心怀宽广，生出慈悲的意味来。

院中古柳正绿，从窗口往外看，正好与门前红桃相映，又是一幅天然的好画。哪怕技艺最纯熟的丹青手也无法画出这恰到好处的枝条，无法调配出这恰到好处的色彩，而自然总是独具匠心，能够将每一棵树、每一朵花的姿态都悉心设计成最完美的模样。若是读书倦累之时，独酌一壶清酒，遥望山水繁花，自然满心满眼都是沉醉，说不定心猿意马之时还能够见到红桃绿柳化作的最妖娆清丽的女子，款款乘风而来，红袖善舞更添香，如何不是自在风流山间客？若是成书于此情此景之下的文字，说不定自己就会隐隐透出美好的情趣来，又何须苦苦斟酌推敲呢？

于是进门，作揖，深深道一声感谢，感谢好友一再邀请自己这个不解风情的凡俗之人前来，感谢他备下一桌酒菜静静等候山外人把美景遍赏。把酒言欢，自是有无穷的羡慕和向往要在觥筹交错之间慢慢细说。

看似普通的清酒却深藏着一股花香，甚是幽微，如果不是在此时身心完全放松的状态之下，他肯定是无法品出这股气味来的。友人似乎看透了他的讶异，解释酿酒的水来自青溪，去岁落花纷纷时取来一瓮，用上好的谷物发酵而成，故而酒中才会有花香滋味，四月天气里饮来，酒清冽、香幽绕，正合时宜。

案上所摆的菜蔬也都是源自山中的野味，鲜香浓郁，让人垂涎不已。他此刻才切实体会到为何圣人说食不厌精、脍不厌细也是一种修身之礼。美好的食物大多顺应时节，往往能够让人在品尝的时候学会感恩自然、感谢农人，并且通过味道产生联翩幻想，思维活跃的时候说不定就会意外邂逅潜藏的哲思。

朋友再次邀请他在山间小住的时候，他丝毫没有犹豫就一口答应了，一日以来的所见所闻比任何的书信文字都更具有说服力，他甚至觉得山间的白云流水、繁花翠柳全都在风中朝自己呼喊，用最独特而恳切的方式求他留下。而他自己，根本就是满心沉醉，不知归路。

文人居处，自然有万卷藏书，自然也少不了修竹。

从小院另一边往下是幽密的山谷，浩浩荡荡万根翠竹，风起时细细声胜过他所听过的任何一支歌曲，爽朗、清凉、干脆利落，一切语言在美好的风景面前都显得苍白无力。

日日携书前往，若不是童子前来寻找，他定会连饮食睡眠全都忘掉。

今日出门阳光正好，特意倚着柴门看了好一会儿，朗朗晴空之下山的形状更加清晰，少了浮云的遮挡，甚至都能看见山间的青溪、繁花乃至盘旋曲折的山间小路，说不定还有砍柴的樵夫在其中自在行走。连日来桃花被山风吹落，枝头花朵寥寥无几，小径流水中却铺满了大片柔嫩的光，几乎叫人无从下脚。

如此明媚的日光却被层层遮盖的竹叶挡住，只能些微露出支离破碎的残光，于是竹林里甚是幽密阴凉，就像是天然隔绝的书斋，正是为他而设。点滴光芒就像是顽皮的流萤，扑不到，却自顾自地落在书页上，落在长衫上。他心情甚好，诗兴也甚好：

阙题

刘眘虚

道由白云尽，春与青溪长。

时有落花至，远随流水香。

闲门向山路，深柳读书堂。

幽映每白日，清辉照衣裳。

如今想来只觉当初自己的想法甚是可笑，他原本对深山修学之举不甚认可，如今身在其中，却慢慢品悟到了其中的意味。

连日来不仅仅是看手头书的速度大大加快，在静坐的时候更是对以往不甚理解的内容有了全新深刻的认识，想来正应该归功于每一根劲爽的修竹、每一阵凉爽的山风以及每一声和悦的鸟鸣。当外界的环境处于极度安宁和谐的状态时，身在其中的人往往也容易被此感染，从而寻到自己灵魂的安静，放松、自由，全然不在乎世间的荣辱得失，反而更容易悟出一些道理来。

何况，自然山水本就是一本读不完的书，每一棵树、每一座山都用自己的方式传递和表达着什么，每个人都可以从中获得无尽的道理妙思，只要你愿意进入、愿意静心，一定会有所收获。

又听到童子在呼喊，想来炊烟袅袅，人间正是烟火浓……

第三节　明月松间照，清泉石上流

入秋之后的第一场雨来得格外干净利落，哗啦啦大半日，便将残存的暑气驱散殆尽，一股凉爽的草木清香充盈在天地之间，直把人心中的浮躁洗净。傍晚时分，骤雨初歇，云后竟摇摇晃晃射出一抹斜阳来，把远处山脉的影子直直拉扯到他眼前来。雨后初晴的景色总是让人备感舒适，他又怎么可能安心待在陋室之内呢？

远处的小山本就秀丽，此时更是被秋雨冲刷得格外明朗，山腰处飘浮着丝丝缕缕的雾气，犹如传说中的海上仙山一般神秘。草木的绿色隐约比夏日时更深了一些，大概是在为深秋的绚烂积聚能量吧。深秋之时的山林往往比名家的画作还要多彩：鲜红、橙红、金黄、明黄……颜色缤纷到难以形容。

脚步随心，慢慢往山中走去，阡陌小路泥泞难行，因而少有行人，他只觉得四周安静得恰到好处，一路行来，看看风景，想想事情。

宋玉开悲秋之风，后世之人多附庸此说，“萧瑟兮草木摇落而变衰”，总是格外容易让人联想到生命中的离别与时光的流逝。当昔日的繁花变成枯枝落叶，当枝头的浓荫不可阻拦地落下，难免会让人心有感触，生出一些惨淡的情感来。

可是在这个初秋新雨的傍晚，他的心好似也被雨洗过一般干净柔和，满心都是对世界的欢喜，实在很难产生悲伤的共鸣。他只觉得新雨很好，初秋很远，山水很好，就连脚下的泥都很好。

他喜欢自然山水，往往能够在其中收获意料之外的惊喜，比如说最宝贵的精神财富，比如说最宁和的心理状态，他的思想也往往在平和的状态下迸发出精彩的火花，那些令他备感骄傲的诗文大多都功成于宁静。他一直都坚信，时间最大的魅力就在于它的流逝，风景最美的一面永远是它的变化多彩。荣枯生死，原就是自然的道义，去领悟，去接受，才能让生命回归它原本的模样。

思想流动的同时脚步也没有停歇，不知不觉就已经行至山前，日头西斜挂在山后，微光透过尚带着水珠的叶片，清亮而不刺眼。层山环绕，只有鸟鸣啾啾、流水潺潺从林木深处传来，偶尔风起时，甚至能听到叶片相互摩挲的声音。他感觉到自己的呼吸都已经融汇在风里，整个人自由得如同一只飞鸟、一朵游云。

他似乎在思考，又确凿什么都没有想。

直到落日西沉，夜色包裹大地，他还是站在这儿，仿佛脚下生出根须来。他就像是丛林里的一棵灌木、江河中的一滴清水，只是回到了最自然的状态。黑暗中他审视自己的灵魂，今夜他的心柔和而宁静。或许，人本就应该是生长在泥土里的一棵麦子，站在日月星辰之下，仿佛就是回归到萌发之前深埋在泥土的状态。

然后明月升空，月色如水一样倾泻，周遭的世界又回到光明之中，在这温柔的月色里，山朦胧水朦胧，人好像醉卧在云堆里一般舒适。他多想在这月下长眠，却被竹林中的歌声惊扰了美梦，依稀能辨别出衣裙摩擦的声音，原来这空寂的山野，正潜藏着另一种热闹。

谁家浣纱的少女，踏月归来，娇柔美好一如红烛交映下的海棠，不禁叫人怀疑她究竟是九天之上的仙娥，还是凌波而来的洛神？洗净的衣衫带着好闻的皂荚气息，混着竹叶上雨水的味道，清清凉，感觉每一寸肌肤都张开来，正在大口地呼吸着。浣纱女已经远去，竹林里空留下两行水渍，染着月色，像是一串遗忘的珍珠。歌声浮在月光里，让人辨不出踪迹。

穿过竹林一路行至水畔，才发现月下的渡头同样热闹：夏末秋初亭亭的荷叶依旧骄傲地昂扬着，隐藏在荷叶下的流水就像是剪碎的月光。有莲舟尖尖，拨开浓密的荷叶驶出，采莲女怀抱着新鲜的莲蓬，莲子青青，衣衫青青。是谁怀抱着今夏最后一朵荷花？紧闭的花苞里，是不是还封锁着夏日里最后一声蝉噪蛙鸣？若是能亲眼看到它绽放，说不定能听到夏日最后的鸣奏。

犹记得盛夏里满塘荷花的景象，出水的荷叶很高，像是四月天里少女飘飞的裙摆，白色的荷花就像是山巅的初雪、美人的笑颜，点缀在碧绿的荷叶中间，格外惹人心动。也曾驾一叶扁舟，任凭它往荷花深处漂去，人静卧在舟上，四周流动的水散发出醉人的酒香。携一根长笛，撑一根竹竿，他在水面倒映的蓝天白云中穿行，俗世中所有的烦忧都被洗涤得干干净净。

他在自然中，格外容易获得孩童一般天真的心境，对什么都感到好奇，对什么都感到满足。

居住在辋川的这段日子里，他感觉自己失去的那部分人格、生命力正在慢慢回到自己身上。远山、青松、浮云、流水，用月光浸染的白石煮茶，吃风声催熟的庄稼，他和自然联系得越是亲密，思路就越是清晰明了，心情就越是欢愉安宁。若是一直待下去，终归有一日，他会扎根泥土，开出自己的花来吧。

他看着山中的农民、渔夫、浣纱姑娘，总是被他们旺盛的生命力所打动。这些日出而作、日落而息的人，勤勤恳恳地在土地上播种劳作，然后收获。他们同那些最健壮的作物一起生长，哪怕是暴雨、干旱毁去了一年的收成，他们依旧有着重新开始的坚持与勇气。这些人是自然最骄傲的孩子，血管里流淌着泥土一样强健的生命气息，若是能无知无畏像一棵树一样活着，谁又能说不是一种幸福呢？

《楚辞》中招呼隐士归来，曾有言曰：“王孙兮归来，山中兮不可久留。”其中描绘的山野凄清幽深，险境迭生，草木凌乱，猿猴哀鸣，是绝对不适合贤人隐居的。他记得，从小苦读圣贤书的时候、踌躇满志进入官场的时候，何尝不是觉得山野不是人居所，何尝不是觉得朝堂才是真正的归处？

只是谁又能想到，这一个结党营私、官官相护的朝堂，有朝一日会比密林还要幽深黑暗？谁又能料到，世上比洪水猛兽更危险的，乃是人心？那些被名利欲望蒙蔽了双眼的小人，满心都是机关算计，为了达成自己的目的无所不用其极，他们媚上欺下，将整个朝廷搅成一潭死水。

任何一个有骨气的文人都不能在这样的环境里求得心安，一面深感自己的无力，一面又耻于与之为伍，想当初他何尝不是在出仕与归隐之中来来去去不得其所。而如今离官场越远，离山野越近，他就越是能够看清自己心灵的选择。

便以诗明志：

山居秋暝

王维

空山新雨后，天气晚来秋。
明月松间照，清泉石上流。
竹喧归浣女，莲动下渔舟。
随意春芳歇，王孙自可留。

他在荷花深处自在眠的时候，他在新雨后自在山行的时候，他在这月光底下看着乡民奋力生活的时候，往往压抑不住心底的兴奋，想对着清风高呼："王孙兮归来，山中兮自可留。"如果不可能去改变一个世界的黑暗，至少可以让自己保持心灵的纯粹，这样的话世界上总归是多了一片净土。

就像是在初秋里收获纯粹的喜悦，他一直都坚信只要身心都处在自然之中，也就不难去发现美，去领悟道。

华夏民族似乎有着信仰土地的传统，在古老的神话传说中，人类正是来自于女娲手中的泥土。盘古开天辟地，死后幻化万物；夸父逐日而亡，身躯归于泥土化作桃林；三皇五帝之一的神农氏，尝百草而造福人类……这些神话正是中华文明的源头，它融汇在每一个人的认知当中，诉说着一个最朴实的真理：人与自然的和谐。

人来自于天地，与自然有着紧密的血肉联系，就像是麦子长在泥土里，就像是流水东逝去，这是无法割裂的关系。

所以文人、文化最完美的状态就是回归自然、歌咏自然。春花、夏夜、秋霜、冬雪，山水天地的每一段时间、每一个截面都有着无限可能的美，花开花落、云卷云舒，四时轮转不休，时光流逝不息，只是都在等待一双善于发现的眼睛、一颗善于领悟的禅心。这也就不难解释为何千古以来，诗人都有一颗归隐的心。

归往山水乡野？非也，非也。归往吾心安处。

心安之处，草木零落的秋才可能是欢悦的，万物复苏的春才可能是宁静的，因为吾道自在吾心，不以物喜、不以己悲。

四季的景色都看透，生死的轮回都参透，人的心灵才可能空明如月、柔和如水，才可能回归赤诚，领悟禅道，不沾染一分一毫俗世的尘埃。

第四节　看取莲花净，应知不染心

杏花烟雨江南，美好的风景本就容易带给人欢欣之感，更何况吴越多水，似乎格外能够荡涤人心神，在此逗留数月，他因长安落第绝缘仕途所产生的失落怅惘早就消散殆尽了。

他本就性情耿介，生性自在不羁，虽然也曾与芸芸学子一样为了求得经济前程而艰难求索、恳切付出，却因为始终在庙堂之外而兴趣淡泊，无所谓得到，自然无所谓失去。

他一直都清楚地知道，所有的黯然失意不过是源自内心的欲念，多年诵读的儒家经典潜移默化地定格了学子的追求。他虽自负学识过人，虽自以为拥有指点江山的谋略智慧，却无奈于仕途无门，无可奈何只能落榜离京、浪迹江湖。心虽介意，却并没有拘泥其中，所以一被江南的烟雨温柔环绕，原本虚浮的忧愁很轻易就随春远去了。

无怪乎自古以来文人都喜欢在江南泼墨挥洒，此次从春樱烂漫一直看到夏日荷花，他只觉每到一处都好似在画中游。或是小桥流水，或是青瓦朱门，郊野黄昏中定有酒旗牧歌随风摇曳，每一种风景里都透着无穷尽的诗情画意，直让人心神荡漾，不思归去。

如今入夏，河网密布的吴越之地更是截然不同于故乡的酷暑闷热，蝉鸣虽噪，水风却丝丝缕缕不绝，送来一阵阵荷叶的清香，同时也就顺便减轻了人身上的燥热。江南的夏夜更是爽朗干净，别有一番风味，他最喜欢在黄昏时躲进乌篷船，任由小舟在和缓的水流中自在晃荡，一壶酒、一根笛，从城中炊烟袅袅的热闹一直待到明月高悬的空寂，若是随性误入荷花深处，蛙声如鸣鼓、流萤似落星，更是叫人沉醉流连，不知今夕何夕。

若是能像他这样躲进青山幽寺，感受重叠掩映的浓密林木几乎完全隔绝了阳光、完全阻挡了暑热，则更是会觉得身心俱处在一片阴凉清爽之中，闲适惬意、飘飘欲仙，几乎就要令他忘记自己本是凡俗中人。

此次拜访的大禹寺更是兀自建筑在深山空林之中，似乎本就是为了与喧嚣浮躁的红尘俗世相隔绝。

亲自一路行来，才真切地感受到山路险峻是怎样的体验。山峰陡峭的路段里盘曲的台阶近乎垂直，连杂草都无从附生。他根本不能想象是谁在山石上凿出道路来，也根本不敢相信自己居然从这样的路安全上山了，回望的时候更是惊出一身冷汗来。古寺所处的位置甚至已经不能用艰险来形容，它后倚孤峰，前临深壑，游云缠绕时倒像是飘浮在半空中，全然找不到任何可以倚靠的屏障。

想来这样神秘莫测的古寺，倒是适合得道高僧潜心学佛，若能得到一二指点，自然也就不枉他费尽心血一路寻来。

《维摩经》中说向佛之人必须修得“一心禅寂，摄诸乱意”，他虽然遍访名山古刹，见多了静坐参禅的僧人，甚至自己也曾尝试着寂然冥想，却从来没有见过高僧这样浑然天成的禅寂状态。那人甚至根本没有挑选时间地点，倒像是从某一件生活琐事之中陡然进入了沉思的境界，神态自然如常，一如凡俗人在吃饭睡觉一般，仿佛就只是一种生活常态。

他倚门相望的时候，竟觉得小小的禅房由内而外散发着寒凉的气息，那人沉静如幽谷中一处碧潭，世间万物就像是争先恐后在水面上投影的林木，因为涵盖太多包容太多，反而深邃望不到底。那人似乎又像是夏夜里明亮的月亮，宽广高深到可以让万事万物都从黑暗中显出大致的轮廓来，使得一切魑魅魍魉无从遁形。

正在想应该用怎样的语言来形容时，背后突然降下无根之水，来得洒脱利落，丝毫不给人准备的空隙。他自然被这突如其来的降雨吸引走了心神。很少在这样高旷的山野中直面风雨，难道是因为距离天空更近一些吗，他竟觉得这雨水来得格外急切激荡一些，像是终于摆脱牢笼的鸟兽，迫不及待要向山野密林逃窜而去。

急雨在檐上敲击出轻快的节奏，而那檐下静坐的人却始终沉浸在自己的思想里，丝毫不为所动，想来他此刻的世界，定是处于千里之外的晴空之中，风平浪静，无雨无澜。他自知远不能达到这般吾心入定、浑然不为外物所叨扰的境界，除却钦佩，倒不如索性转过头去观赏风景，圣人自有圣人的境界，凡俗也不乏凡俗的味道。

夏日的雨一贯都是急性子，来得声势浩荡，去也是干脆利落、一点都不留恋拖沓。雨过天晴之际，云层渐渐消散，变得通透，一抹残阳就又从云后走到了人前，涨红着脸蛋，似乎在宣告自己刚刚并没有被电闪雷鸣吓到，那个拉扯白云堵耳朵遮眼睛的，一定是另一只金乌。

山峦归于极度的清静，林木禅寺都因这急雨的冲刷透出一股子新意来。斜阳一路西归去，似乎在追逐着刚刚急雨离去的足迹，水渍未干，日头又拉扯出晚霞，绚烂地铺满天空，然后映在积水之中，一瞬间天地都被瑰丽的色彩点亮，美艳不可方物。

黄昏中，被雨水洗净的叶片更是通透澄澈，争先恐后地将自己的倩影投映在寺庙的飞檐上，生怕再晚一点，等落日宿于扶桑，便再也无法借着光影留下最妩媚的身影了。而这斑驳的光更是拥有透心凉的魔力，空气中丝毫不掺杂烦闷的酷热，竟让人恍惚觉得正置身于暮春或初秋。

他就是怀着清新的心情在寺中闲逛，才得以看到后院满池孤芳自赏的荷花。

尚有雨水存留在荷叶上，圆润如龙女遗失的珍珠，风起时便径直滚落到水中，破水之声如玉碎，而那叶面之上，竟没有留下任何风雨来过的痕迹。人们虽时时歌咏雨过初晴的胜景，他却真切地看到高处的林木的确被冲刷干净、低伏在路旁的杂草灌木被摧残得狼狈至极，小径上坑坑洼洼的泥泞和在土壤中不辨颜色的落花。它们无一不是狂风骤雨的受害者，无一不是失态落魄且无美好可言。

正因如此，莲花的干净纯粹才会受到如此多的称赞和附和。

佛家取莲花的清高脱俗之禅意，文人取莲花清拔劲爽的气节，他此刻只想着用莲花去比拟禅房内仍沉浸在思悟中的高僧：

题大禹寺高僧禅房

孟浩然

高僧习禅处，结构依空林。

户外一峰秀，阶前群壑深。

夕阳连雨足，空翠落庭阴。

看取莲花净，应知不染心。

水底的淤泥自来都是由污秽腐臭积聚而成。水中生存的一切生物，无论是鱼虾还是水藻，都将河床视为最后的坟墓，而流水所携卷的落花枯叶、脂粉油污，甚至于淹没在水中的世间万物，最终都会沉积化作淤泥。水将阳光清风完全隔绝在外部，水底的淤泥自然就成了腐朽污浊所终之地。

照理说，就像人容易被周遭的环境影响一样，莲子从这样暗黑的淤泥中萌发生长，肯定会沾染一些不好的东西，或是污垢，或是恶臭，谁曾想这个柔弱纤细的茎却支撑起了世间最纯净的花叶。莲叶亭亭如盖，光滑澄净到连水滴都无法沾染，莲花出水盛放，娇美的色彩如白雪、如红颜、如凌波而来的仙子，圣洁美好到根本就不可能与阴暗腐臭有任何瓜葛。

出淤泥而不染，何尝不是人生中最真最深的禅味？

他为何会对静坐的高僧心生敬佩，细细想来，正是因为其神情形态与周遭的一切都处于最和谐的状态之中，而非生硬地枯坐、而非突兀地隔离。高僧心怀天下万物，所以才能够把芸芸众生的宁静平和都归聚于一己之身，因为内蕴无穷，所以更值得品悟。

想来所谓的臻于至境，原本也就是建立在看破红尘的基础之上。只有亲历过人世间种种悲欢离合，才有可能站在超脱的高度修心养性，渐渐不为外物扰动。只有亲自体验过世间尊荣奢靡的权势和最贫穷困苦的潦倒，才有可能放下心中的欲念，修成淡泊名利、无谓得失的境界。就像莲花，从最黑暗的环境中生长起来，所以才能呈现出最清丽干净的姿态。

明了欲望，然后选择放下，才称得上是一种睿智、一种修行吧。

第二章

喜·淡泊·心远地自偏

第一节　我来问道无余说，云在青天水在瓶

他生命中第一次见到八百里烟波洞庭正是在赴任途中，彼时他被任为朗州刺史，一路骑马、乘船，俱是奔波劳累，终于行至洞庭湖时已经是夜半时分了，府衙尚远，只能再次夜宿船中。

那一夜月光明亮得丝毫不逊色于日光，以至于他从梦中醒来的时候，竟然把照进船舱的月色误认作是天明的信号，所以才会披衣外出，想看看船已行至何处。然而周遭的静谧、远山的黑影让他慢慢清醒过来，认识到天上低悬的这一轮玉盘是明月而非太阳。想来自己定是睡眼蒙眬，才会把这样柔美的光晕看错，才会忽略了夜空、水影中疏朗的星辰，而这水光月色实在是太过美好了，一眼就足以叫人沉沦，不舍离去。

所以他和洞庭湖的第一次会晤，正是在凉如水的月光之下。

许是因为水天俱是空远浩瀚无一物，所以显得这唯一一轮明月硕大无朋，水天交相辉映更是显得天地的距离都被缩小了，仿佛星辰就在触手可及的地方。而月光却是无穷极，一圈圈荡漾开去，似乎要把天地每一个角落都填满才肯罢休，因而无论是长空还是碧水，都浑然一体融化在月的光泽里，让人恍恍惚惚辨不出水天的交际，竟不知此刻是在水上行船还是在天宫畅游。

水面上升腾起迷蒙的雾气，缭绕在小船周围，更觉悠悠然如同穿行在云里边，远山在夜色的包裹中只能微微突显出简单的轮廓来，失

去颜色装点之后，反倒正因为这简单而别具韵味，像是大笔一挥画就的水墨山水图。近岸洲渚则更是在烟雾朦胧里显得秀美飘逸，仿佛是悬在半空中一样。月下竟有野鹤飞来，姿态飘逸出尘，展翅倒像是在起舞，宛若凌波仙子。

他只觉得传说里的蓬莱仙山就应该是此刻所见的这般光景，月朦胧水朦胧，美好到让人不辨春秋、看淡得失，甚至忘记生死。

当是时，八百里烟波洞庭对他而言就是仙境一般的存在，所以他才会理所当然地认为此地青山秀水中会有高人乃至仙人，所以屡屡听人说起惟俨禅师的高妙时，才会迫不及待地想要结交。邀请的帖子如雪花一样飞去，然后便像融化在水中一样丝毫不留痕迹，他不仅没有因此放弃，反而更是在心中将高僧提到了一个更加清绝出尘的地位，所以这一日才放下官场俗务，亲自到深山古刹中去拜访。

山路曲折难行，到达时已经是大汗淋漓一身疲惫，他终于见到传闻中的高人，却觉得见面不如闻名，这个瘦削枯坐的僧人衣衫简陋，像是干瘦野鹤，似乎并没有什么超凡脱俗的气度。他屡屡追问何为道、何为佛，却得不到回应。

他本就性子急躁，一路山行的烦热更是令人心气虚浮，如今又被高僧用如此沉默冷淡的态度对待，更是意气难平。物不平则鸣，他心底坐实了人不如其名的感受，言语之间难免有失恭敬，变得刻薄无礼起来。僧人似乎再也不堪忍受来访者的愚蠢和浮躁，终于出言回答，说他所寻的道就是“云在青天水在瓶”。然后又归于枯木空山一般的静坐中去，神情安定得好像根本就没有人来过，没有任何浮世喧嚣能进入其耳。

他本能地觉得其中似乎有所指，一时之间却又领悟不到，只能够作成诗歌以便反复品读：

赠药山高僧惟俨

李翱

（其一）

炼得身形似鹤形，

千株松下两函经。

我来问道无余说，

云在青天水在瓶。

而后在寺中小住，一颗心终于在青山、古松、劲竹层层绿意的熏陶下渐渐归于宁静清幽的境界，意识到自己的无礼之后，反而羞愧于再次前去向高僧问道。只能在远观濡染之中慢慢去感受、去品悟。

数日的停留闲逛使他早已摸清了周遭的山路，之前来山中的时候，满心都是急切，都沉浸在自己的无知困扰之中，所以根本没有闲情去仔细观赏山水形胜。如今既已得到一个求索的方向，反而能够在苦思之中逐渐沉寂下来，从而腾出视线和心情来观赏寺庙里外的景物。

古刹处在半山云雾之中，背倚孤峰，门对深壑，这样的布局原就是为了将那些浮躁的凡夫俗子阻隔在清修之地之外，所以高僧无心迎来送往倒也可以解释。这些日子的观望更是让他逐渐看清了惟俨禅师的性子，并不是冷漠，只是自由到了一定的高度，仿佛心已远离了红尘俗世，远在九霄之云外。

他渐渐发现高僧不只是形容像是野鹤，行动和心性也颇类似于仙鹤。那人喜欢在山林中疾走，健步如飞，仿佛在孤峰顶纵身一跃就能驾鹤仙去；更是喜欢随地枯坐，遨游的思绪印刻在他的神情上，只能看到思想如游云、如奔河，自由流逝、无拘无碍；还喜欢在月下长啸，仿佛要把凡俗浊气尽数吐出，然后尽情吸收山水间自由的空气。

很多时候这样的行为举动根本就是没有理由的，只是自然生出这样的念头，身体便随之呈现出了自然的状态而已。就像花会开落、云会舒卷一样，原本也就不需要理由。

他只觉得这样质朴原始的生命状态着实叫人艳羡，叫人自愧不如。自己久久停留在红尘中，不管是思想还是行为都始终禁锢在一定的条条框框中，甚至很多时候都认为规矩才是生命应有的姿态，还会把自由无拘的人视作异类。

（其二）

选得幽居惬野情，
终年无送也无迎。
有时直上孤峰顶，
月下披云啸一声。

当他再次落笔成诗的时候，仿佛看见惟俨禅师随口给出的回答——云在青天水在瓶。他在反复回味之中突然有了一丝领悟，好像暗室里骤然现出光明一般，思想终于找到了对的方向，放肆倾泻而去。

自己身为官场中人、儒家士子，为何会到深山幽寺中前来问道？不过是因为在仕途中艰难求索，逐渐对原有的生活、原有的信仰产生了怀疑，所以才会转而求佛问道。他真正的疑惑在于人究竟应该怎样度过短暂的一生，也许在山行入寺的时候连他自己都没有意识到这一点，却不想在高僧面前，一切都是了然。

正是因为看透了他对自己生活状态的不满，所以禅师才会给出他最容易领悟的回答。所谓的“云在青天水在瓶”，不过是指出了生活中常有的两种常态而已：云在青天乃是在高处、在自由之中，水在瓶中却是在低谷、在拘束之中。

道法自然，如果云在天，便恣意潇洒变化万千，做最洒脱的云；

如果水在瓶中，不妨恬静安定，做最沉稳的水。顺其自然达到各自本真的状态便是道义、便是禅意。

同样，如果吾心归于安宁，在自由中便可随性遨游，在规矩里同样可以踏实无误，入朝则做治国之事，入野则躬耕南山，无论哪一种选择，都是生命中极为自然的选择，原就没有高低贵贱的区别。

万事随心即可。心若偏远，即使身在庙堂同样可以获得采菊东篱的悠然闲淡，同样可以获得无拘无束的自由。

第二节　木末芙蓉花，山中发红萼

连日来被琐屑的政务缠身，他感觉整个人就像被一层一层包裹进厚重的茧里，压抑到透不过气来，又好似冬日里阴冷的风雨全部都直直沁入了骨髓。行尸走肉一般的生活让人格外容易颓废，觥筹交错的应酬实在让人厌倦，却又不知道自己真正追求的是什么。

这日清晨照例去书房，开窗的时候，突然觉得风里隐约有了一丝清新的草木香混着泥土的气味，让人倍觉舒爽。不自觉脚步就顺着这股清新的气息挪出门去，暮冬初春之际，旭日毛茸茸地悬在林梢，些微一点温度就让薄霜化作了露珠，颤巍巍顶在草尖上，甚是可爱。

然而整个世界还是凝固在残冬的枯朽之中，衰草连连，林木萧索，万籁俱寂。人虽然在林野间漫步,心却还在挂念红尘中那些纷扰的俗事。朝中党派之争愈演愈烈，偏偏皇上又一意孤行宠信佞臣，他觉得此时的朝堂正是处在深深的严寒之中，总觉得会有大事发生。这大事就像春日的惊雷一样，必将以最轰动的方式打破整个世界的沉寂……

纷乱的思路就像是搅成一团的丝线，越是想要整理出一个头绪来就越是自惹烦忧。他明明都已经从京城一路隐退到辋川，为何心中还是在牵挂名与利、得与失？为何天地如此清净，唯独吾心躁动狂热、不得安宁？

恍惚出神之间被横在草丛中的朽木绊倒，重重摔在地上，才终于窥见一些端倪。枯黄衰落的杂草丛中竟然藏着星星点点的绿叶，刚刚探出头来的嫩芽儿，新绿中带着鹅黄，被层层堆积的落叶烘托得格外明亮，一瞬间竟让人倍感温暖。

这一抹亮色就像是春风一样拂去了碍在眼前的枯叶，紧接着树干上长出了毛茸茸的新芽，小径两旁细碎的小野花、林间跃动的鸟纷纷跳进人的视野，像是在争先恐后地自责着为什么没有早点与它们相遇。

不出俗世，怎知春光早已悄悄降临？

多年来生活在京城，十指不沾泥，早已不知春是如何一步步走近的，只觉得就在几日的光景里，光秃的树枝就披上了绿衣，鲜艳的花朵就已经盛放在姑娘的发间，然后蝉鸣柳梢，莲动裙裾，春天它来也匆匆去也匆匆，甚至都不曾在人的心上留下痕迹。

于是乎竟像刚刚睁开眼睛的小孩子，对春风、新芽和鸟叫倍感好奇与惊喜，一路追随至山林深处。阳面的山谷中早已有树木换上了一身新装，碧绿的小叶子随风摇曳，甚是可爱。然而毕竟还是早春，如此鲜艳的颜色终究还是一星半点，需要用心去寻觅。

他觉得额头微微沁出了汗珠，遂倚着古松小憩，骋目四望，突然就被那抹亮丽的紫红色攫住了视线，它们傲立在枝头，用最浓郁的色彩宣告自己走在了时空的前头。他几乎再也挪不开眼睛，像是赌徒被金钱所吸引，又像是饥民被饭香所牵动，他快速地朝着一树的花蕾前进。对于久久困在名利圈中浑身上下都阴暗腐朽的自己而言，如此骄傲的紫红色，就像是劈开茧的闪电，如此灵动的生命，将是带来希望的光线。

那是一树即将要怒放的木兰花，大概是从冬雪尚未融尽的时候便开始孕育着花蕾了吧，否则它怎么可能在早春便已经集聚了如此亮丽的颜色？它们在漫山遍野的枯枝败叶中挺立，灵巧的身姿满是骄傲，一个个花苞就像是饱蘸了颜料的毛笔，随时准备在空旷的天地间来泼墨，来描绘，来绽放成最美的画面。

他只觉心神荡漾，有什么久违的东西正在心底慢慢苏醒过来，他似乎格外期待这场花事的到来。

于是从这一日的遇见开始，为了不错过花期，他每一天都要绕到深幽的山谷中来，看一眼这个妩媚又骄傲的新朋友。眼见着林间星星点点的绿意就要连绵成片，眼见着花苞被春风喂养得越来越鼓，他的心情也越来越明朗，那一份看重世俗人际的心渐渐也就淡去了。

一个看花归来的傍晚，他已经走出山林很远了，不知为什么突然就想回头看看，就这样恰好撞见了晚霞。太阳似乎是被山野间的枯树枝刮破了，绚丽的色彩洒满了半边天空，入目尽是耀眼的火红，似乎要把连绵的山脉都点着了。

他呆在那儿，心中的激荡难以言表，他出入金碧辉煌的宫殿，他见多了璀璨耀眼的珠宝，他曾被交相辉映的元宵灯火迷惑，却从来没有好好看一次绚烂的霞光。

整个世界的颜色随着落日的西斜而变化，从耀眼的赤红到温暖的橙色，然后是梦幻的紫色、渐变的绯色，最后光线散尽，暗夜降临。他只觉得被这光彩夺去了心魂，全然不察自己在这儿站立了多久，他突然觉得自己就像是《庄子》里在蜗角上争地的触氏和蛮氏二国，白白把自己有限的生命浪费在琐屑凡俗的名利欲望之上，自寻烦恼。

第二天一大早就上了山，他有一种奇妙的预感，花开的盛宴就在今日了。怀揣着如此美好的期盼，不自觉脚步也比平日更快一些，还未靠近便嗅到了淡淡的花香，心下一喜，果然转过山头就看见了满树的木兰花。它们在萌发的嫩叶之间露出，美好得就像是从天宫降临人间的仙子，把昨日那绚烂的晚霞都做成裙摆穿在了身上，随风摇曳时宛如纷纷起舞一般。

不入山林，怎知春色如许？

远处有游云，近处有鸟鸣，他突然觉得这些日子里来来回回的等待与期盼，终究没有被辜负。岁月静好，大概就是这样吧。似乎有一个小小的花苞，在自己心上孕育，正在慢慢成长，等着有朝一日绽放。

一夜惊雷狂风，仿佛迫不及待要向世界宣告春的消息。他却在哗啦啦的雨声中担心起那一树木兰花来，如此娇柔的花朵，怎么经得起风雨的摧残？那样美好的花儿，开了不到十日，要是就此凋零，该是多么令人惋惜啊……

然而风雨无情地连下了几日，雨后初晴，当他踏着泥泞的小道上山时，一树美丽的花朵早已落尽，满地残花像一匹从天河遗漏下来的锦缎，静静地铺在山头，被泥土、露水弄得一塌糊涂。惋惜之情简直要把人折磨得发狂，他恨不能用画笔重新把花瓣画回枝头，然而终究是空留一声叹息。

是不是所有美好的事物都是易逝的？比如这满树的木兰花，比如“春风得意马蹄疾”的年少时光，比如苍茫天地之间人的短暂生命？他的心也骤起风暴，好不容易萌发的一丝丝新意，宛如被冰雪冻结。

归来，他又陷入了思维的僵局。

如果生死、成败、荣枯都是注定要替换的，那么我们究竟为什么活着？

直到有一日友人来访，相约踏春才又走到自然中去，时隔半月有余，绿草早已如茵，百花自在盛放或明黄或嫣红或洁白如雪，直让人眼花缭乱。他不免想，谁也不知数日前这里曾是一片衰败，谁也不知他早已知遇过今春最早的一树木兰花。

纵是这样，脚步还是不自觉往熟悉的方向行去，一个转身，他就看到自己的老朋友正在阳光下舒展叶片。那叶子碧绿如玉，在温暖的春光里显得格外和润，每一片叶子都自然地躺在风里，竟一点都不比曾经耀眼的花逊色。他看着光线在叶片上流动，他看着风在枝叶间穿行，一刹那了悟于心。

木兰花本就年年开且落，只有自己是闯进这场花事的闲人，偏偏还为此自惹烦忧，何其可笑。

草木在自然之中，顺应四时的变化荣枯交替，原本就是最自然的事情。任何一场花开，都是灿烂到不需要观赏者的，树将积聚已久的能量全部传送到枝头，促成一朵花的形成，或是一片叶的萌生，只是安静地做着一棵树应该做的事情，从来都不是为了取悦任何人。

他觉得自己该为这个老朋友赋诗一首了，就信手将脑海中浮现的句子写在了泥土上：

辛夷坞

王维

木末芙蓉花，
山中发红萼。
涧户寂无人，
纷纷开且落。

他再离开这里时，心中曾有的欢喜、失落都淡去了，心灵就如风中的叶子一般悠然自得。花开与落、树荣与枯、鸟来与去，原本就是一样的，所谓的禅、所谓的道就在其中，你了悟或者痴迷，都在其中。

人生何尝不是一场盛放的花事？你降生在世间，得到最美好的生命、爱情、名利，然后再一一散尽，这原本就是自然的安排。所有的悲喜得失都体悟一遭，才不算是对生活的辜负，如此，又有何可喜，有何可悲？

该开放的时候尽力开放，然后落下，孕育下一场花事，谁又能说不美好呢？

身处俗世的时候就追求俗世名利，想要超脱的时候就去思悟自己的道义，谁又能否认生命的意义呢？

第三节　行人欲问前朝事，翁仲无言对夕阳

本是在羁旅途上偶然来到这不知名的空山野水中，借宿的农家老翁甚是热情善谈，昨晚三杯两盏浊酒下肚，便彻底打开了话匣子，丝毫不把他这个远方来客看作是外人。从去年的收成谈到今年的风雨，从屋后酸枣挂了几颗果到孙儿什么时候脱落第一颗乳牙，几乎就要趁着酒劲把自己的一生都说遍了。他终于在老人杂乱无序的言语中寻找到一点儿自己感兴趣的事情来，于是顺利地把话题扯到了空山中的墓碑上。

老翁并不知那是何人的墓，只说那块石碑是在一场大雨之后才逐渐冲刷显露出来的，似乎有字，然而远近并没有识字的人，所以也无从知晓得更详细了。不过方圆百里都是崇山峻岭少有人烟，突然出现这么一块石碑，总归是叫人感到新奇的，所以老人在砍樵的时候还特意绕道去看过。

他却对这个山野中的墓起了兴趣，既然有着墓志碑文，便足以了解一下生平，说不定还能够隔着时空知遇一位同道中人，左不过是羁旅无聊，何不前去探访一番。遂而详细询问了方向路程，准备明日入山。

似乎太过期待这场寻访，以至于静夜里竟然无法入眠，毕竟在这万山环绕之地停留了太久，距离自己所熟悉的诗文朝政实在太远了，

漫漫时光实在百无聊赖难以打发，也就不奇怪为何这样一件小事便叫自己兴致勃发。

他几乎是跟日头一齐上山，太阳在他背后渐渐升起，将前路都照得明亮。

彼时深秋露重，清晨的风里都携卷着丰富的水汽，扑面而来甚是寒凉，打湿衣衫又打湿心肠。空山越是寂静他越容易联想到自己惨淡孤寂的一生：行至不惑之年却一事无成，功名未就报国无门，只能将满腹的才华、满腔的热血都压抑收敛，漂泊天涯。心情明媚时尚能将山水转化为诗文，在独行之中获得自怡放任的乐趣；心情消极的时候却往往为孤独所禁锢，伤春悲秋难以解忧，有时候甚至会忍不住去质疑生命存在的意义。

越是往深山中走，越是感觉四周空寂，山野原就少有人烟，是属于飞禽走兽的世界，如今清秋阴冷，连鸟兽都已经归巢回穴，所以更是少有声音。松风呼啸而过的时候声势更是浩荡可怕，它仿佛要剥落一切叶片，将林木折磨成光秃的丑态才肯罢休，它似乎想连白石和幽涧都荡涤干净，所以总是发出怒吼一样的嘶鸣。

他有时候甚至觉得自己快要在风里站不住脚了，似乎一不小心就会被狂风卷落叶一般挟裹到不知名的境地中去。所幸日头还是跟着他的角度逐渐升空，四周的温度稍稍有所回暖，密林也因为盛满光明而减少了阴森的感觉。

他并不像老翁一样可以对山间林木如数家珍，所以也就很难知道已五十年的楝树、大樟树、被雷劈过的梧桐等等标记位置方向的大树究竟在哪儿，所以大多数情况下都是连蒙带猜，以至于久久没有看到所谓的墓碑。

几乎绕着目的地转了一大圈，才最终在正午时分看到了山腰上格外突兀的石碑，它好像是斜插在土地上，一看便知是因为时光久远，山水的变化改变了它原来的位置。他小心翼翼地刮去石碑上的泥土，甚至用自己的衣衫沾水来清洗上面的污垢，到最后才发现很多地方都已经剥落无法辨识了，他只能知道墓碑的主人是个姓程的读书人而已，从断续的字眼里只能看到墓碑主人的一生屡遭贬谪甚是坎坷。程生究竟是何方人士，可曾有过浪漫的爱情，可曾留下一点诗文，受到了怎样的怀疑，又达到怎样的高位？一切，都是未知，只能是未知。

他的心情却在这石碑前变得复杂起来，他甚至在想如果此刻埋葬在清风深山中的人是自己，又将会刻下怎样的文字供后世人言说。

很多时候人的生命都是短暂到来不及仔细品读，甚至还不如一块顽石、一棵大树来得长久。若是死去的人依旧有灵魂有思想，此时程生是不是正倚着自己的墓碑晒太阳？他会如何看待这个满头白发的后辈？他在漫长的岁月里究竟做了怎样深刻的思考？终究都是妄论，无从知晓。

基碑总有一日会被风雨剥蚀殆尽，于是一个人在世间留下的最后的痕迹也就消失了，苍山依旧空翠，林木依旧蓊郁，似乎从来就没有人埋葬在此处。他的心中突然生出无限的荒凉之意来，谁也不知道这座青山下是否还埋葬着更多的墓碑，谁也不知道是否曾有人跟他一样站在山风里感慨生命的短暂，只是觉得人在永恒的天地面前，实在是太过渺小了。从无到有再到虚无，以树观之、以山观之不过都是倏忽一瞬。

所谓的情绪更是渺如一粒沙、一滴水，就算以人的生命观看也不过是极端渺渺，又何必自苦，自己将自己的愁闷放大呢？倒不如索性随它逝去，顺其自然罢了。

下山的时候他突然又把今日的思悟从一己的生命推及朝代兴替之上：如果说人生短暂，所以不必拘泥在个人的情绪中难以自拔，那么朝代国家的命途又何尝不短暂呢？从永恒来看，一个国家的兴盛衰落与一片树叶的荣枯又有什么分别呢？

这片天地到目前为止已经见多了世事兴替、朝代更迭，曾有高楼宫殿拔地而起，极尽豪华奢靡之能事，谁曾想终究会有大厦倾颓那一日，转眼之间往日的亭台楼阁便长满了萋萋芳草，重新回到山水自然的状态中来？与此同时，在另一个地方，又有高楼拔地起……有时候甚至连处于乱世的老人家，都可能亲身经历过朝代的变换，所以国家宗庙原本也不是什么长久的存在。若是从这个角度来看，那人一生所追求的功名地位、理想壮志其实也本是虚无缥缈的，又何苦将自己所有的生命、所有的心血都耗费在这些无谓的事情之上呢？

生命是短暂的，国家是短暂的，所以欢喜之情、得失之心都可以尽数放下，卸下心灵的重担吧，让它在淡泊无欲之中尽情体验一把无为的自由。停止对名利权势的追求吧，要知道真正永恒的东西其实大多都在自然中间，接近它，才有可能获得思维的解悟。

他行去之时，只觉得心中尽是沉重负累，不知自己的人生究竟应该往何处行去。

如今过来之时，却感到心神都归于空寂宁和，在自然的无穷无尽之中渐渐品味出了人生的真谛，不过是放下，不过是割舍，不过是把欲念都清除，臻于“心远地自偏”的妙悟境界。自己将要从这条路上走向田园、走向山野，让灵魂止歇于最安宁、最自由的境地，让生命回归最简单质朴的状态，如此，说不定能够在有限的生命里留下些永恒的东西。

一日所见所感，聊以诗文为记：

过程学士墓

孙友篪

野水空山拜墓堂，

松风湿翠洒衣裳。
行人欲问前朝事，
翁仲无言对夕阳。

第四节　若言琴上有琴声，放在匣中何不鸣

终于亲耳听闻沈君弹琴的时候，才知道当初吴主簿并没有夸耀其乐声的高妙，如今反倒觉得，那些声情并茂的称赞并不足以形容出其百分之一的意趣。

明明只有一张琴，一人也只有十指而已，所弹奏出来的音节却自由壮阔得像是包含了整个世界。清音陡起的时候，酒宴上所有人的视线都被这破空之声俘获，随之进入沈君高妙无边际的精神世界：先是琴声幽涩，好像细微清涧堵塞在枯木腐叶之间不得通行，流水声也断续虚无；继而声音中加入一丝忧戚，虽然微弱难辨却隐隐把悲凉之感传递给在座之人，有如杜鹃啼血、孤猿长啸。就连他这个一向自诩豁达乐观的人都不禁想起自己生命中的离别忧愁，更别说旁人闻此声该是怎样的哀伤难以自持。

而听者的悲伤似乎反过来又坐实了琴声的清苦，所以乐曲之中的愁怨逐渐累加沉郁，以至于到了盛大恢宏的境界，好似亲眼看到大厦倾颓，看到熊熊火焰吞噬了宫殿城池，甚至看到沧海干涸变为桑田、高山崩落化作水波，所得尽是庞大到无法承受的悲凉，整个心胸都好似淹没在巨大的愁苦之中，令闻者垂泪，不知所以、不知所终。

然后乐声逐渐变得灵动、变得明朗，就好像日出时亮光拨开云层一般挑破了笼罩在众人周身的黑暗，声音牵引着一股活水，径直荡涤

人心中的沉闷污浊，于是心情也随着流水的逐步壮大愈加开阔。一路见山便融进空山鸟鸣、松涛龙吟，过村庄田野便囊括牛哞犬吠、水车咯吱，琴声中所蕴含的东西越来越丰富，直让人觉得哪怕调动全身的感官也不够用。

于是乎喜悦的情绪如水一般充盈了整个胸腔，山行见落花、酷暑宿幽寺，乃至于童年时细看蚂蚁过道、少年时偶遇邻家姑娘、中年时相逢人生知己的种种美好的记忆都猛然被唤醒，而且伴着此刻的音乐显得更加纯粹欢欣。

明明还是刚刚撩拨人愁绪的那几根琴弦，此刻却确凿传递着跃动的信息，像是久旱时甘霖降下大地张开嘴喝水的声音，像是久别重逢时西窗下把酒夜话的谈笑声。琴音顺畅、活跃，如奔涌入海的江河，一丝一毫的阻碍都没有，最后终于如百川入海一般臻于物态浑融的境界、归于一片云烟苍茫的乐景之中，似乎再往前行进一点点，就能寻到海外蓬莱的人间桃源，然而声音就戛然停在这里，只把更美好的东西留在浮想之中。

一曲终了，他才惊觉自己竟然连杯中的美酒都来不及品尝。

琴声之高妙，于此立现，又何须累述？

宴饮毕，宾客散去，他与沈君在月下闲步，从琴音谈到诗文，自然免不了提到他曾经戏赠的琴诗：

琴诗

苏轼

若言琴上有琴声，
放在匣中何不鸣？
若言声在指头上，
何不于君指上听？

诗作于元丰六年，彼时他并未结识沈君。

事情的起因是当时武昌吴主簿听闻自己雅好琴音，便带着高斋先生的《太平之颂》及好友沈君的《十二琴之说》等文前来拜访，对于自己朋友的琴艺丝毫不吝啬赞誉之词，不停称颂那是天外弦乐、人世难得几回闻。犹记得当时他对此般言论实际上是抱着不以为意的态度，本想一笑置之，却因为仰慕高斋先生的琴技而用心珍藏了那些诗文，最后还是闲暇时无事可做才翻阅了其《十二琴之说》，不曾想文中的趣味甚浓，可见作者见解独到、为人不俗。

正是因此心生钦慕，才辗转结交到了沈君，几次交游恳谈下来更是惊喜地发现二人有很多相同的兴趣爱好，在诗文曲艺乃至时政的见解上也往往能够不谋而合，于是经常会有相见恨晚的感叹。

当时作此诗本是戏言的成分居多，如今重新与知交好友交流，竟发现自己不经意的疑问背后实则可以生发出深刻的禅理来。

就如今晚宴会上沈君的演奏令人为之喜、为之悲一样，世人往往都能够在高妙的琴曲之中得到感情的共鸣和释放，从而喜欢讨论琴音。可是从古至今懂弹奏的人、欣赏的人那么多，却从来没有人去思考这声音究竟是怎样产生的。

如果说琴音是由琴弦产生的，那么为何放在匣子中的古琴不能发出声音呢？不然，音乐是产生在乐师的指头上吗？可是，在指上寻音岂不是一件更加滑稽可笑的事情吗？明明抚琴时就只有十指纤纤、琴弦袅袅，如果不能从这其中探寻声音的源头，则更是无法从外界来考据。如此思之，似乎根本就是一个无解的天问。

然而沈君毕竟是其中高手，好似漫不经心地在说着指法、力度，实则已经暗暗给出了自己的答案：琴音既是来源于琴，更是来源于指，两者的相遇才是产生声音的缘由。这种说法似乎真的能够解答诗中的疑惑，世上弹琴的乐师那么多，为何只有如沈君这样的高手能带人进入音乐的庙堂，达到最完美和谐的听觉感受呢？想来正是因为其指和古琴的相遇，乃是灵魂相交的知遇，而非世人的萍水相逢吧。

佛家喜欢用因缘际会来解释人世间的一切，所谓琴指相遇产生声音的说法正是暗合佛家观念吧。

的确，因缘际会可以用来解释世间所有的声音，比如说松涛龙吟正是因为风遇到了松山竹林，比如说潺潺流水正是因为水在流动中遇到了礁石河滩，因为世间万物种类纷繁，所以才有各式各样不同的相遇，才会有如此丰富多彩的声音。

心中的疑惑得到解答，情绪自然也就复归自由活泛，月光好像越来越明亮了，这闲步也好像越走越宽广了。

他感觉自己的思维此刻就像是决堤的海水，正是汪洋恣肆到了极点，气势雄浑仿佛拥有吞并世间万物的力量。他用这因缘际会的说法去观生命之中所有的人事，竟然惊喜地发现很多令人烦忧的事情都迎刃而解了。

他与沈君此刻的畅谈何尝不是缘分使然？缘分未到之时他们各自生活没有丝毫的关联，也根本想不到自己会在某一个时间段里遇到知己，在相互交往的过程中得到无穷无尽的乐趣。而一旦相遇，彼此生活的圈子才发生重叠，才能够在越来越交心的往来中展开灵魂的对话，从而得到解惑、明悟乃至精神的升华。当然，终有一天也会缘尽离散，然而就算是在那样的情况之下，他们彼此之间的影响也早已印刻在对方的生命中，留下了不可磨灭的痕迹，所以即便散落天涯，也是无忧无惧。

一切本就是从无中生，又归往无中去，此间的收获则都是生命的礼赞、缘分的馈赠。

人短暂的一生本就是由一段段缘分组成：邂逅一树春花，从而在心底留下明媚的色彩；邂逅一山空寂，从而得到一段静好的时光；邂逅不一样的人事，从而衍生出丰富多彩的故事。所有的所有，本就是因着无形的联系而产生的，最终却能够给人带来真实直观的感受，生命的真味原本就要从有声有形的事物中慢慢体悟，然后修得无形之中的澄澈和妙悟。

如此观之，缘来缘去就像是花开花落一般自然，既然正是缘分组合成了生命中不同的风景体验，那么因为缘分相遇还是离散本就是一样的事情，自然也就没有必要为此生出悲喜的情绪来，反倒叫心灵被拘束、蒙尘。

心远之，自安之。心若得坦然，生命也就能够回归简单。

第四章

忘·忧愁·夜夜好安眠

第一节　逢人不说人间事，便是人间无事人

当他从长安再度归来、风尘满身地遥望九华山的时候，突然就对这熟悉得不能再熟悉的故乡山水产生了别样的情绪。如莲瓣一样重峦叠嶂的山峰像是朝着他张开了怀抱，山间白云游动，像是恋人送别时浓得化不开的眼神，他对家乡的眷恋之情就在这可望又可即的瞬间发挥到了极致。

他想念大雨后九华山中出现的千百条银色飞瀑，流水张扬，似乎要把世间一切污秽都冲刷干净。他想念春季里田野中嫩绿的麦子和豆苗，生生不息，那味道是停留在记忆里最深的根。他怀念乡邻在夏夜的打麦场上乘凉，村里的老人讲述着山中的故事，远处传来稻香和蛙鸣……

身处其中的时候并不觉得有什么可贵，若不是亲身经历了战乱，恐怕没有人会懂得所谓的安定究竟价值几何。此刻，他却只想快步奔往家的方向，那是他生命中最后一寸净土。

朝廷原本就党争分明，无有志之人的容身之所。近年来又发生黄巢起义，官与民战斗不休，藩镇趁机剥削百姓，大唐的国土上处处可见民不聊生的惨状。他从长安一路行来，入目尽是荒村流民，多少人妻离子散家破人亡，多少人带着行李逃窜山野与猿猴为伍……春耕的季节里农田中荒草已经可以没过人膝，山谷中却连树皮都被剥食干净，

随处可见的饿殍枯骨一次次冲击人的心灵，直到使之麻木。

他总想着回到家乡就好了，这战争的野火势必不会蔓延到群山环绕的小村庄，那是他梦里的世外桃源，是游子的根。原以为九华山会是天然的屏障，原以为偏居一隅的小山村可以躲过这场浩劫，却还是低估了战争的破坏力。覆巢之下复有完卵乎？

这断壁残垣又是何方？他记忆中热闹的乡村怎么会变成此般模样？

田园荒芜，河水漫道，村中的打麦场满是萋萋春草，残砖断木已经快要被藤蔓完全遮盖，隐约还可以窥见曾经被烈火焚烧的痕迹。他记得打麦场西头的刘家后院有一棵巨大的枣树，曾是他童年最甜蜜的味道。这个还能找出门槛的地方就是自己家了吧，最后一次远行的时候，母亲就是站在门前看他逐渐远去，他在很远的山头回首，还能望见小小的房子和更小的人影……

只有在贴近自己生活的时候，才能对别人的情绪感同身受。只有在自己看到家国破落的时候，才能明白黍离之悲的沉重。胸中喷薄而出的伤感无法抑制，直到把整个人都淹没，泪水不自觉模糊了双眼。

最亲近的人如今都到哪里去了呢？是否还安然存活于世？

一重又一重的山沉默地看着他，渐浓的夜色里它们安稳得像是要陷入另一个世界，黑暗总是最可靠的保护色。

他背着所剩无几的行李向山中深入的时候，遇到了太多拖家带口的人，他们往往肩负着沉重的包裹，像是保护幼崽的野兽一般紧紧攥着自己最后的家私，明明已经很疲惫，眼中却始终带着警醒的凶光，生怕有人会夺走自己手上的宝贝。有时候他忍不住想要看个究竟，想去看看那些包裹里到底装了些什么？人在绝路的时候，最舍不得放下的又该是什么呢？

肯定不会是诗书，百无一用是书生，何况还是在乱世之中，他也常常自嘲带着纸笔又能有何用，却一直舍不得丢弃。估计也鲜有衣食，多少人是匆匆出逃至此，哪里顾得上衣服和食物呢？所以看起来沉甸甸的包裹中，估计都是些金银细软吧，是人最慌乱之中首先想要保护的东西。

只是这沉重的金银在缺衣少食的山野之中又有何用？在寒夜中还不如一堆柴禾、在饥饿时还不如一捧野菜，除了徒加负累，成为逃难时的牵绊，根本就不能派上任何用场。可惜根本就没有人看得透、放得下，谁又能够真正地超脱于名利世俗之外？

想自己十年寒窗、耗尽钱财上京赶考，费劲心思进入官场仕途，所谓的人生理想、所谓的政治追求，说到底不过就是为了一点虚名、一些实利而已。

芸芸众生何尝不就像这密林中的草木，为了更多的阳光雨露争先恐后向上生长。只不过我们人的欲望，往往沾染着一星半点的铜臭味，多了更是腐臭难闻，甚至可能会把灵魂都逐渐吞噬掉。

他深感自己正是被重重的欲望所缠绕、所困顿，却又寻不到一个解脱的方向。漫无目的地在山中窜逃的日子就像是一场放逐，没有了家人和故土，他就成为了无根的野草，更何况如今连心中的安宁一并失去了。

遇见高僧时，被其两手空空却浑身飘然的状态所吸引，哪怕再简单，一般僧人出行尚要带着喝水的瓶和吃饭的钵，他却是真真正正空无一物在身。就连一身粗布衣服在风中也分外飘逸，好像在他身上留不住一般。一双清亮的眼眸更是空灵，似乎是澄清了世间所有的喜悲，似乎是看穿了世人所有的执念，只剩下水一般的智慧。

他脸上的神情更是少有的安宁，所谓的悲悯也只是丝丝缕缕地透露出来，更多的还是看尽沧桑之后的平淡，世人的苦他仿佛早就已经看透了。那一种超脱又仿佛在说他根本就不属于这个世界，而是来自仙山云端的神佛。

他心生好奇，反正也寻不见亲人，就跟在这僧人之后一路前行。

听着质上人在人群中诵经，无悲无喜，语气平和得像是和煦春风，有着能抚平人伤口的神奇魔力。

看着他为死去的百姓超度，神态庄严，仿佛天地之间只余下这么一件事情，仿佛死亡是一种再正常不过的状态。

看着他在日出、月下、松风里、溪畔静坐，如一截枯木、如一块青石，就连身边行路人都能感知他灵魂的安静。从日出到月升，起初是树叶悄悄落在他衣衫上，后来竟然有翩跹的蝶静静地停在他身上。有时候真叫人怀疑高僧是不是枯坐着便圆寂了，是不是已经回到了属于他的另一个世界。

以旁观者的身份一路随行，渐渐地，自己也就在担忧彷徨、伤悲无助中慢慢安静下来了。偶尔也就能够停止寻觅，站出来看一看山野春色，看一看流水白石了。

真正安静的心是感知不到时间的流逝的。

当风的流动都清晰可闻，当枝叶与枝叶的摩擦都被放大收进耳廓，自我的意识变得越来越薄弱，渐渐地人好像分不出自己与空气、与流水、与松石的区别，完全地融化在自然之中。慢慢能够分辨出呼吸的空气中浮着哪一种花的香气，慢慢能够听出哪一个方向有幽咽的流水声，慢慢能够感觉到日光的温度、土地的温度……当一个生命的观感被最大限度地激活，生命的价值又重新被放到第一位，在这种认知里，阳光、空气、水才是最重要的，活着才是最重要的。

而人生中那些招惹烦忧的功名利禄之心、争强好胜之心、贪图豪奢之心都在此刻被淡忘。何其幸运啊，世界上最美好的东西都是平等赋予每一个人的，比如说一树繁花、一池春水或者一轮明月，都是生来就可以拥有的。所谓的烦恼和悲伤不过是源自内心的欲望，有着对地位、金钱、权力的渴望，才会有无穷无尽的争斗与烦恼。

若是能放下累赘的念头，自然也就不会被聚散得失所扰。

他想以诗相赠，又怕搅了上人的清净。包裹中的纸笔终于派上了用场，脑海中的只言片语挥笔成诗，也算是对自己的一个记录吧：

赠质上人

杜荀鹤

杯坐云游出世尘，

兼无瓶钵可随身。

逢人不说人间事，

便是人间无事人。

从来文人都有一颗归隐的心，政治黑暗的时候、人生失意的时候，总是想着一壶酒、一箪食寻一方山水终老。可是从来鲜有人能够真正放弃世间的荣华安逸，所以自古以来都鲜有真正的隐者。多少人宁愿在红尘中艰难地漂泊，也不愿归于乡野、归于灵魂的净土。所以许由、陶翁一类真正的隐士才能千百年来为人所钦佩、所艳羡，所以乱世之中超然云游的质上人才值得以诗歌咏。

“逢人不说人间事，便是人间无事人”该是一种何其超脱的境界？如果在相遇的时候，我们并不去交谈，只是肩并肩看一次壮丽的日出，然后挥手告别的时候互赠一段杨柳，那么所谓的离愁也就淡了吧。毕竟不管前往何处漂泊，再重逢仍旧可以“把酒话东风”，谁又能说这不是友情最好的状态呢？

如果在追逐名利的时候尽自己最大的努力去实现心中夙愿，只要在各种环境中始终保有自己的底线，又有何不可？终有一日看淡的时候，就静静地从凡俗中走出，去远方看一看繁花、看一看山水，寻一块肥沃的土地耕耘种豆，搭建起属于自己的陋室蜗居，身心俱安。那么又有谁能够否认曾经的体验不是一场修行、一场找回灵魂的苦行？

第二节　庐山烟雨浙江潮，未到千般恨不消

犹记得年少时，初听闻青原惟信禅师有关人生“三般境界”的论述：从见山是山，到见山不是山，再到见山还是山。最开始并不懂得其中的禅味，只觉得绕口难解，困惑为何要在看尽万水千山之后复归于最初的感悟？当时，根本就不能分辨出其中的差别，自然也就谈不上领悟其中的高妙。

如今他缠绵病榻，自知时日无多，辗转反侧整夜难眠的时候不禁细细回忆往昔，又翻出“三般境界”之说来思考品悟，直到将一生所经历的种种都带入其中，才渐渐玩味出这“三般境界”实是个人智慧心神从不悟到悟的完整体验，从“见山是山”到“见山还是山”之间，所蕴涵的深邃哲思又岂是言语可以形容得尽？所带给人精神灵魂上的改变又岂是外人可以轻易揣测？其中的时间跨度，对有些人来说片刻就可以顿悟，对另一些人来说，却可能要耗尽一生的时光才能懂得。

不曾想，自己是后一种。穷尽一生，才在风烛残年之际窥得些许禅机。

他多么恳切地希望把此时此刻心中所想所悟传授给自己的子孙，却又怕他们资质愚笨，如自己一般耗费漫长岁月才终有所获。虽然明白有些思想必须建立在丰富的人生体验的基础上，虽然知晓必须经历

了人世间的繁华冷落才有可能沉下心来思索领悟，却还是无法抑制作为长者的拳拳教诲之心，想要以诗文相提点，却苦于找不到合适的例子。

僵卧在寒衾之中的病翁，为这一丝热忱翻来覆去不得安宁，直到暗夜中突降大雨，才猛然打断了他的思虑。

许是四周太过寂静，所以才显得雨声浩荡如鸣鼓、如惊涛，他甚至觉得雨水好像就是在咫尺之处瓢泼而下，径直敲打在他的屋檐、门窗、乃至心扉。仿佛就在屋顶，正展开着一场声势浩大的宴会，数十乃至上百个乐师用尽全身力气擂动巨鼓，节奏分明、曲调高昂。这声音陌生而又熟悉，他确凿在哪里听过比这还要雄壮激昂的演奏，似乎也是同样浩渺苍茫的水声……

梦回钱塘。

彼时还是正当壮年，天性中自有一股豁达乐观，不管是得意在朝还是失意在野都能很快从极端的情绪中摆脱，不使心神落入拘役的状态中去，即便在糟糕的环境里也能找到属于自己的雅兴趣味，所以在那样的心性和胸怀中，自然少不了四处寻访名山大川、结交知己好友。

他很早就听闻浙江钱塘潮和庐山烟雨是不可错过的两大胜景，也曾多次在诗画中大饱眼福，心中本就有着无限的艳慕和期许，所以才会在途经浙江的时候特意绕道钱塘江，想要一睹世间最浩荡的潮水。彼时正好是一月正中，明月圆润如玉盘，想来潮水虽不及八月十五的壮大，应该也会比寻常日子更具有观赏性吧。

他站在钱塘堤岸的大拐角等待浪潮袭来的时候，同样是一个寂静的夜半时分，冷月高悬，水面上布满银光，一棵枝干扭曲的枯树早已在寒冬里落去了所有的叶片，光秃秃的身影径直投射在水波中，交错重叠，被流水撕扯得支离破碎。许是这寒夜太过寂静了，光影竟好像有一丝阴森的味道，他独自站在空旷的天地间，用等待一个久未谋面的好友的心情，等待着浙江潮，如此心怀才不至于清冷。

也不知究竟过了多久，他觉得寒意幽幽渗透到自己的四肢，以至于僵硬难以活动的时候，才终于从远处传来了一阵低沉的嘶吼，声音不大，有点像受伤之后躲在山林深穴中的野兽因为嗅到陌生人的气息而拉扯着嗓子发出的威慑之声。声音很快被流水暗夜所吞没，天地复归死一般的沉寂，他有些按捺不住心底的激越之情，不由得伸长脖子翘首期盼。

雷鸣声突降，他怀疑地看了看依旧月朗星疏的天空，才敢确定那巨大的声响是来自于水面。像是有千万匹骏马疾驰而来，踏出的声音令天地都为之颤动不已，他的心也被这豪放的声音所震慑，几乎连思考感慨都要忘记了，只能目不转睛地盯着水面，生怕错过一分一毫。终于等到巨浪排山倒海而来，像是一堵厚重的高墙被某种神异的力量推赶着飞驰过来，月光下那滚滚的浪花白得纯粹、白得刺眼，惊涛拍岸的声音令脚下土地都在微微颤抖，仿佛世间万物都受了蛊惑，都想跃进这沸腾的潮水中与之共舞、与之一齐怒吼，他只觉心神都随之澎湃沸腾。

直到潮水远去，他的心神还是停留在震颤之中，余波未了。

千古第一潮，正该如此。

观潮过后，他对山水的印象很大程度上固定在了雄壮的风格上，总觉得豪放阔大才能带给人美的观感与震慑，才能激起人吟哦唱诵的欲望。于是终于有人耐不住他反反复复的叨念，详细讲起了庐山烟雨的迷蒙和秀美，极尽辞藻，想要将他的审美引向另一个方向，从而暂时消停他对钱塘涌潮无休止的夸赞。于是毫不意外地在他心中种下了另一颗期待的种子，未曾亲身观临，总是千般遗恨难消。

于是和观潮一样，等到他终于有机会观赏庐山烟雨时，心中只存有最纯粹的期盼和向往。

上山时欢欣雀跃如天真烂漫的孩童，对身边的一切都会感到好奇和欣喜，庐山得天独厚的地理优势使得空气格外湿润舒适，也尤其容易形成缥缈的云雾，那水汽好像就是从松针上蒸腾而起一般，丝丝缕缕，竟仿佛还带着林木的青涩。烟雨缭绕，一缕云雾就像是自在穿行的轻纱，或是柔柔地挂在人臂弯，或是远远地绕在树梢，如一朵蓬松的柳絮、如美人掩面的折扇、如精心裁剪的溪涧。

他觉得这温柔妩媚的烟雨里有竹叶的味道、有杜鹃花的味道，混合成一种独特而醉人的清香，沁人心脾，令人闻之欲醉。

却不想登上山头往下望的时候，这些柔美缥缈的烟雨竟又呈现出一种截然不同的景象，云海翻滚一如钱塘江潮水一般壮阔，除却无声无息之外，真的让人有置身江岸海滩的观感。层层的云雾堆积在一起，形成流动的云海，滚滚的白云面朝人扑来，似乎要把他席卷到空中去。它们纯白而厚重，真的令人怀疑它们是不是通往天宫的阶梯，若是心神薄弱，说不定真的抬脚走到这无边的云海中去。

更令人惊叹的则是向上蒸腾的云，众多的烟云汇聚在一起，在风的作用下纷纷往上奔涌，因为数量太多移动太快，所以远观的时候就像是一条往上流动的白练，拍打着晶莹的浪花直直升向天空。面对如此奇幻的景象，人竟然也会一时之间分不清什么是真实、什么是梦境，对造物主的匠心独运只能感到深深的敬服，对自己苍白的言语形容感到无力。

庐山烟雨，不负盛名。

而跨越长久的时间再去回想庐山烟雨、钱塘江潮，终于能够清楚明白地把自己的感受浓缩为一句：正是如此。

未见之前，千百般耳闻设想都只是虚无的幻想，再美好也不可能激起人真切的感受；眼见之时，才确认了真实和想象之间的差异，才知道原来它们应该是如此美好的模样，只有在真实的风景面前，心中才有万般感慨、千般思虑。回想之时，才知道庐山烟雨正是庐山烟雨、钱塘涌潮自是钱塘涌潮，才稍稍懂得了人生“三般境界”之间，正是隔着虚与实、混与悟的距离。

风景如此，人生何尝不是如此呢？

所谓的忧愁不染心，自是经历为失去、为离别辗转难眠的苦痛之后，才有可能忘忧消愁，臻于心怀的豁达。所谓的谈泊名利看破红尘，自然也要见识过人间的繁华热闹之后，才可能领悟到那并不是自己的终极追求，所以放下，所以隐遁。

他何尝不是在一生的颠沛流离都到尽头的时候，才知道“见山还是山”“见水还是水”背后有着多么丰富的体验、情绪和思考。又怎么能奢求黄毛小儿因自己简单的言语，而略过自我真实体验，修得彻悟达观的境界呢？

罢，罢，罢，多少人听烦了前人讲述的道理，还不是照样迷糊犯错误入歧途？若非自己一步一步踏实走来，喜怒哀乐、色欲贪念全都拥有然后放下，又怎能算得上真正存在过呢？

为父之话还是要说，只是其中训诫之心已经淡去了：

观潮

苏轼

庐山烟雨浙江潮，

未到千般恨不消。

到得还来别无事，

庐山烟雨浙江潮。

懂与不懂、悟与不悟，随缘罢了！

第三节　为当梦是浮生事，为复浮生是梦中

今日的宴会甚是无趣，在座尽是些荒淫无度的纨绔子弟，翻来覆去不过是将戏台上的戏子拿来开点玩笑，言语更是无礼无知到了极点，着实不堪入耳。而他所想要结识的引荐人，同样是张狂奢靡之辈，他一面耻于向其低头俯首一面也根本就找不到机会上前攀谈。唯一可以聊作宽慰的便只有席上的美酒，着实澄澈晶莹，入口醇香，他便不免在末席之位闷头痛饮了几杯。

许是没有知音可以交流、许是酒的后劲太大，他渐渐觉得戏台上喧嚣的乐声就像是某种尖锐的武器，直直刺入人的耳膜，变得越来越叫人不堪忍受。

于是借口醒酒绕到偌大的后花园，才发觉在热闹嘈杂的宴会之外，原来别有洞天。此时入夜未深，月光和灯光交相辉映，园中的一切都显出朦胧清幽的轮廓来，确实惹人怜爱欢喜。他在这静谧祥和的庭院中愈发沉醉，辨不清是花香还是酒香，熏得人心神荡漾。那芍药花圃中的芍药花似乎格外诱人，它所散发的莹莹微光倒像是一种招揽路人的手段，自然难以推辞，惬意静卧，飞快入眠……

只觉置身在无边的黑暗里甚感压抑，当前路隐隐透出一丝亮光，人便如趋光的飞蛾不辨缘由径直扑过去。

感觉走了很久很久，原本将他紧紧包裹的黑暗就像是被闪电劈开

一般骤然破裂，强光从四面八方照射过来，转瞬间就填满了天地。四周的一切逐渐显现，他才惊觉自己正置身于完全陌生的环境里，身边建筑尽是碧瓦朱栏，房屋的色彩更是大胆热烈，别有一番异域风情。

他根本就来不及想自己究竟置身何处，就被一群衣衫光鲜的女子簇拥进了软轿，然后又在一片恭维声之中被请进了宫殿，直到龙椅上威严的君主亲自下来迎接，亲自赐宴，他才总算在周围人七嘴八舌的恭贺之中整理出事情的大致情况来。这具身躯的主人是新科高中的状元，此次国家更是仰仗其谋略在与邻国争地的战争中大获全胜，所以皇帝大喜之下更是将自己最喜爱的百花公主赐婚给他。

这一切发生得太快太不可思议，各种念头在脑海中一闪而过，却又因为无法合理解释眼前的事情而被一一否定，以至于后来他只能往神异之事上去想：怀疑自己是不是猝然去世已经重又投胎为人，怀疑自己是不是也进入了黄粱美梦中。可是周遭的一切实在是太真实了，他甚至能品出金杯中的美酒有一股槐花的清香，甚至能感觉到身边女子的体温。这肯定不是梦。

最终他只能说服自己是灵魂出窍，附到了另一个人身上，所以才会有截然不同的人生际遇。

很奇怪，他却根本没有从这陌生世界摆脱的念头，反正自己的人生事事不如意，时时刻刻都处在苦痛挣扎之中，何不趁这天赐良机好好体验一把春风得意的滋味，金榜题名、洞房花烛、指点江山，这是多少文人士子苦读一生的最高追求，此刻尽数拥有，又何必去管它是梦境还是别人的人生。

此处名曰辛夷国，周遭的国家也大多是以花命名，据说都是按照当地最盛产的鲜花取名，更何况此地风俗就是人人爱酒家家酿酒，几乎就连空气里都满满地充盈着醉人的甜香。他只觉得日日与鲜花美酒相伴，日子实在不要太过浪漫逍遥。

于是这一停留就是十二年，从正值壮年到两鬓生出华发，变故可谓是翻天覆地。一开始，他因满腹才华一步步晋升到最高的官位，家中的宅院包含青山秀水，甚至可以策马奔腾，无数人前来巴结奉承，他再也记不清坐在宴席的末位是怎样的感受。夫妻恩爱、子女孝顺，诗文往往是刚刚落笔就被哄抢而去……

可是后来，命运陡转直下，先是娇妻因病去世，接着因受谗言而渐渐失去了君主的信任，最后更是因为战争中决策权被架空，而眼睁睁看着奸人葬送了整个国家。宫室宗庙毁坏，百姓流离失所，他本就是天外来客无所依傍，失去了家国的庇护更是连普通的温饱都不能解决。眼看着昔日宴饮的歌舞场渐渐生出萋萋芳草，他只觉得心中的失落痛苦到达了顶端，无从排解，于是面对那汪深水再也控制不住自己的消极情绪，纵身一跃，一了百了。

觉得淹没在水中几乎快要窒息，四肢的力量正在快速流失，仿佛就要在此无穷无尽地沉下去。猛然惊醒，差点从白石上滚落，居然真的是一场梦，竟然只是一场梦！

前厅的丝竹之声正酣，头顶的弯月才刚刚升上柳树梢头，芍药花丛之后有两棵才落尽繁花的木兰，正在春夜里使劲儿舒展自己的新叶，本就对刚才的一切浑然不知。只有白石上略微留存的温度在提醒他刚才的梦境。

他长久地伫立在花园中，心中怅然若失，空荡到几乎能够听见清风呼啸而过的声音。他不知自己应该苦笑还是应该自嘲。竟在梦中以为梦境是真，还窃笑黄粱美梦的荒唐，实在是愚钝得可笑。

想来那所谓的人人酿酒的辛夷国不过就是一群采蜜的蜜蜂而已，所以才会连空气中都是甜蜜的芬芳。自己的娇妻美妾、自己俯首称臣的君王，都是卑微不会言语的飞虫；而那惊天动地的胜利，更不过是自己在梦中争抢一树繁花而已。不曾想，平日里从来都不会去关注的蜜蜂，只会嗡嗡穿行不休的小虫，竟也有着自己的家国天下。

自己竟然会在这么荒诞虚无的梦里获得真切的喜悦感、实现一生的政治理想抱负，不知这奇异的旅行究竟该是可喜，还是可悲？

他并不知自己为何会陷入这样的梦境，更悟不出其中的深意来，只是觉得有点模糊现实和幻梦的界限，不知此身究竟是人还是飞虫；只是觉得梦醒时分愁苦更胜，没有了酒的助力，反而难以再入眠。

事情过了很久以后，当他遇到鸟窠道林禅师，相聊甚欢之时才再次想起这桩奇异之事，说不定眼前玄妙超脱的高人可以解答自己的疑惑，便将前因后果细细说来，并写成偈子以便请教：

特入空门问苦空，
敢将禅事问禅翁。
为当梦是浮生事，
为复浮生是梦中？

禅师耐心地听完他的阐述，脸上始终是平和的神情，并没有像他担心的那样嘲笑自己的无知荒谬，仿佛是在很认真地跟随他的语言入梦。禅师并没有过多的言语，也只不过用四句禅诗来解答他的疑惑：

来时无迹去无踪，
去与来时事一同。
何须更问浮生事，
只此浮生是梦中。

点到为止，却好似打通了他的任督二脉，让混乱如麻的思绪在自己的脑海中摸索出一条坦途来，一个拦路的礁石被掀翻，思维的流动也就更加顺畅，逐渐进入领悟之境。

以人生观蜂蚁孑孓的生命，的确会觉得触蛮之争着实可笑，认为它们从早到晚奔波不止的忙碌只是为了蝇头小利，不值一提。殊不知以无限的时空反观人的生命，何尝不是短暂得如倏忽易逝的朝露，如不知春秋的蟪蛄，若是以一棵古树、一座苍山的视角去观人生，肯定会觉得为了名利而奔走经营是一件十分可笑的事情。人所谓的贬黜升迁、所谓的宠辱得失，几乎都微小到像蜜蜂振翅一般，不可辨识。

浮生何尝不就是渺然一梦？

浮生本就是虚幻空无如梦。

为了金榜题名而喜、为了进士落第而忧，谁又知道高中之后可能会因为触犯权贵而遭牢狱之灾，谁又知道入仕无门归隐去可能会在漫长的历史中留下一个清名？得失，本就是相对而存，有无互生。

为了洞房花烛而喜、为了形单影只而忧，谁又能说得清此刻相聚的人儿会在怎样的情况下离心离德、劳燕分飞？谁又能否认孤独本就是人生常态，在孤寂之中往往更容易获得思想的自由和道义的精进。喜悲，本就是对比而生，相互转化而存。

他这一生苦痛挣扎，为了不被赏识、为了不被重用、为了被误解而将沉重的忧愁堆积在心上，使灵魂蒙上厚厚的尘土，几乎就要让人记不清最初奋斗的理由，几乎日复一日折磨得人难以安枕。此刻看来，倒像是一朵花开放时被急雨打落、一只蚁在搬运米粒时被草挡路，实在轻无细微得可笑。

想来此时看透这一切还不算晚，至少今夜便能得到一夜安眠、一场好梦。

第四节　荷笠带斜阳，青山独归远

钟声从远山外一圈圈传过来的时候，就像微风在湖面上掀起层层的涟漪，径直荡到人心中来。晨钟暮鼓、木鱼诵经，总是拥有一种水一样的魔力，能够一点一点洗净人精神中的污垢，一丝一丝进入人浮躁的灵魂里，让人沉静，让人安定。

深邃的密林时常让人怀疑此处是否真的藏有寺庙，此刻却因为这声音而可辨识出寺庙大致的方向来。一重山带起松风，一重山遍染斜晖，幽静的竹林寺中，定有人持一把笤帚扫了整日的落叶，僧人神情安定而肃穆，就好似在清除乱世的残垣断壁，好似这是天底下最重要的事情。

漂泊的心突然就在钟声里变得踏实起来，之前还觉得这相遇是黄粱美梦，以为和自己交流的是来自云端风中的仙人、是潜藏在文人骨血中的隐逸之魂、是缥缈虚幻根本就不存在的完人。原以为是自己内心的挣扎才催生出今日对人生的考问，此刻清晰可闻的钟声却诉说着灵澈上人是真实的，他的思想、他的隐逸和淡泊都是真切存在的。原来世上并不是只有自己所执拗、所苦苦求索的一条路。

钟声消失了，短暂的相遇必将以离别宣告终结。于是目送上人远去，只不过心好似也被其背影拉扯得越来越远、越来越豁达宽广。

从这一棵树走向那一棵树，从这盘旋曲折的山间小径归往自己灵魂的歇处，从这劲爽的松风里走进点燃了半边天的落日晚霞中。行走在山野之中的灵澈上人，像是一阵风、一只跃动的鹿，与周遭的环境融为一体，被落日拉长的身影则模糊在林木扶疏的光影之中，更是难辨彼此。很奇怪，这个身上除了一只破旧的斗笠以外什么都没有的人，步伐却洒脱自得，身姿也挺拔骄傲，仿佛拥有整个世界。

他只觉得自己满身都是疲累的风尘，脚步尽是岁月的拖累，即便身在清澈通透的山水之中，也是浑浊愚钝得如同顽石、如同朽木。从来都没有想过，同在乱世中漂泊，竟然有人能够淡泊彻悟得如雨后新叶，丝毫不沾染俗世的烦忧。送别的视线与诗同时成形：

送灵澈上人

刘长卿

苍苍竹林寺，
杳杳钟声晚。
荷笠带斜阳，
青山独归远。

他原以为人生就是欢喜时刻与忧愁时刻相互穿插交替的存在，只不过他这一生，似乎烦恼逗留的时间格外长一些。

在遇到灵澈上人之前，他用来开解自己的话语，左不过是世间众人都在各自的忧愁烦恼中艰难起伏，人生常态而已。纵使自己命途多舛、夜夜难眠，也只能够自我麻痹，强迫自己去接受、去习惯，生在纷乱动荡的社会，心有功成名就的渴望，就注定会有无穷无尽的烦忧招惹吾心。

从儿时摇头晃脑的诵读到少时有模有样的应试文章，从炎炎夏日到大雪纷飞，从鸡鸣日升到月朗星疏，多年的寒窗苦读，那一卷卷厚重的诗书经典建构起了他整个的思想冠冕。儒家入仕的主张，对他来说就是深入骨血的存在，是他身心之中不可能剔除的一部分。

修身齐家治国平天下，苦学之后，自然要追求朝堂上的一席之地，要将自己平生所学转化为实质性的政见策略。轻狂又张扬的年纪，从来就不懂得去分析自己的追求里有多少虚无的成分、多少贪欲的成分。只可惜仕途这条路，往往都是不太平坦的，生活总是以自己的方式教给人书卷中不曾记载的东西。

纵然这样，他也从未有过怀疑，也根本没有想过这世界上还有一种截然不同的思想、完全对立的人生。只是命运就像一双神秘莫测的手，一步步将他推攘到岔路口，让人不得不直视分歧，重新选择前路。

犹记得当初登进士第，一度春风得意，自己多年以来的付出得到了肯定，光明的前途朝年轻的生命展开，一切的一切都像旭日初升、春雨缠绵、清酒醇香一样美好，那时，他又怎么会了解忧愁积压在心底令人难以入眠是怎样的感受。

哪知转瞬间一切都被雨打风吹去，安史之乱导致的是整个国家的动荡，乱世之中人就像是飘零的枯叶，生命都难以保全，更何况前途？他甚至还来不及进入宫殿庙堂，就不得不去面对最严肃的生死问题。

当百姓为了生存四处奔命，当安宁的乡村被战火吞没，当路途两边逐渐堆积起饿殍尸骨，他才深深感觉到自己的生命是多么渺小，而自己所追求与信仰的治国平天下又是多么虚无。所谓的朝廷连百姓的生命都无法保护，从何而谈政治清明？从何施行尧、舜、禹的圣人之治？从何而知礼仪、晓律法？他就是从这个时候起，认识到了儒家入仕之说的局限，他们穷尽一生心血所学的知识，最高追求不过就是入仕而已，所倚仗、所凭借的，最终还是安稳的朝政、明智的君主，若是这个倚靠不存在，再多的智慧也是空谈。

他在纷乱动荡的社会现实面前灰心失意，他为流离失所的百姓众生心痛不已，却终归是无计可施。第一次极度真切地体会到一千多年前孔老夫子周游列国的悲哀，那是更分崩离析的乱世，那是更实用深刻的智慧，走遍天下游说霸主却无人赏识。就像是站在半空中，往下是干涸到龟裂的土地，万物奄奄一息，生灵苦苦哀号；自己触手可及的就是成片的云雨，是令人欢欣雀跃的电闪雷鸣，两者之间却隔着无形的屏障，费劲心力也无法把雨降往世间。悲凉与绝望，来回冲刷着人的心神，几乎就要令人神志失常。

深感行道之难，却也没有考虑变更初衷。

直到内乱稍歇、入仕为官，他才越来越清醒地认识到国家在藩镇割据的乱离之路上渐行渐远，无力回天。而整个朝堂官场的黑暗更是超乎想象，就像是密林深处的一棵古木，被狂风暴雨连根拔起，丢弃在阴暗潮湿的丛林里，在漫长岁月的剥蚀中渐渐流失了所有的生命力，浑身都散发出腐朽的味道，若是想强行扶起，恐怕会碎成一地的渣滓，身形俱毁。

后又因人诬陷下狱，因政见不合被贬，甚至连引以为傲的诗文都无所成就，他自觉这些年以来，除了进士及第之外，自己的生活可以说全都是在愁云惨雾之中，找不到光明晴朗的前路。

他被烦忧折磨得心神俱疲，一个又一个失意的寂寂长夜，辗转反侧整夜难以入眠，以至于兀自消瘦，漫长的旅途之中，丝毫没有感受到江南杏花烟雨的美好。反而觉得这雨缠缠绵绵不休，人都快要发霉了，着实可恶、可恨。

直到今日在山谷溪涧旁遇到取水煮茶的灵澈上人。水打湿了僧袍布鞋，那人却神态安然自若，放佛毫无察觉。他忍不住出言提醒，于是衍生出一场撼动心灵的交谈来。一个是游历天下的高僧，一个是仕途失意的浪荡文人；一者隐逸心怀万物苍生，一者入仕以天下为己任。

他们有相同的闲暇、有共同的良善，却又有着截然不同的处世之道。白石、清涧、粗茶，他们在呼啸的松风之下相谈甚欢，倒有点游侠义士的意味。最后竟在这平整的白石上下起棋来，然而不过就是这一盘棋，二人的胸怀视野高低立现。

他越是害怕失去眼前的阵地，被吃掉的棋子就越多，越是在意片刻的得失，越是守不住自己的棋局，额头的汗珠越来越多，手中紧紧攥着黑子不肯落下，思路打结、手足无措，狼狈得就像是落入陷阱之中的困兽。反观灵澈上人，就连风中轻扬的衣袖都透着轻松，似乎从一开始就计算好了每一步，似乎确凿把握着对手的棋路，所以对灵澈上人而言，这只是一场游戏，而非战斗。

汗如雨下，他竟也不知道自己究竟是败了这盘棋，还是败了人生的态度。灵澈上人只是享受与他的一场对弈，所以无论输赢都可以不失风度；可他满心都是成败，最终反而是自己把自己禁锢，满盘皆输。

灵澈上人听着钟声归山的时候，他目送着斜阳下荷笠远去的身影，突然就由棋局联想到了人生。

人生何尝不是如此，只有执拗于功名荣华钱财富贵的人，才会苦苦挣扎在泥淖之中无法自拔，将自己的心神搅乱、将自己的翅膀折断，才会在杏花烟雨和月朗星疏中自顾自地生出无穷无尽的烦恼，夜夜难眠。而那些看透生死、看淡得失的隐士高人，心宁静，生活便也干净简单，很少因为外界的成败荣枯而忧心、而慌乱，这样的人往往如山一般沉稳、如水一般灵秀，拥有着整个天地的快乐。

生命匆匆，若是自己放大了忧愁，拘泥在其中不肯眠去，又将要错过多少飞舞的萤火、多少缤纷的梦境啊？

忧愁不入心，夜夜好安眠。

看着灵澈上人的身影融入树影之中渐渐不可辨别，他转身时突然加快了脚步，压在心上的重担顷刻间烟消云散，他只想静静睡去，说不定梦中能回到童年垂钓时“少年不识愁滋味”的模样……

第五章

淡·名利·人间无事人

第一节　孤舟蓑笠翁，独钓寒江雪

一夜的风雪，被褥轻薄如寒冰，破旧的窗户甚至挡不住寒冷，北风一阵阵灌进来，世界寂静得甚至可以听到雪花一片片堆积在茅草屋顶的声音、水流慢慢凝固冻结的声音、远处树林里枝丫被雪压断的声音。

他一夜未曾合眼，感觉内心正在下一场鹅毛大雪，慢慢地把一切情感和情绪都冻住了，自己仿佛回到了刚到永州时的那个冬天，躺在龙兴寺冰冷的床榻上心如死灰。

那时候他一无所有，一贬再贬，最后到永州，名为贬官，实为监禁。没有亲朋。官衙里甚至连一个歇脚停留的地方都没有，要不是龙兴寺的僧人好心提供一间禅房，他真的不知道自己能不能熬过苦寒的冬天。小寺庙里香火并不旺盛，条件不好，何况是供给他这样一个落寞不得志的闲人。腹中饥渴难以入眠的时候，他就躺在坚硬冰冷的炕上神游，永州的风雪似乎格外频繁，听得多了，渐渐地他都可以辨别出下雨和落雪的声音了。

而人在极端寂静的夜里，总是格外容易回忆起以往的事情。仿佛把曾经的热闹喧嚣仔细回想，就能驱散此刻的寂静落寞。所以他时时梦回长安，时时想起自己多年的为官生涯。

政权更迭，世事无常，谁能想到原本备受推崇的改革突然就变成了新皇打压的对象，从云端跌到泥土，不过是刹那之间的事情。大厦倾颓，推动改革的官员无一例外都遭到了贬谪，他多年来苦心经营的声名一夜之间崩落无存，原本喧嚣若市的门庭突然就冷清下来了，多少曾经卑躬屈膝前来巴结的人转眼就避之不及，唯恐被连累。所以他遭到贬谪出京都的时候，居然没有一个人前来送别。

知心的好友同样在贬黜的路上，临别时既然无酒无肉又哪里会有酒肉之交呢？

牵着一匹老马走出很远，他才鼓足勇气在曲折盘旋的山路上稍稍停留，回望那热闹繁华的长安城。它恢宏奢华，静静地卧在山水的庇护之中，雄伟的护城墙包裹着精美的亭台楼阁，宽阔笔直的街道上车水马龙，金碧辉煌的宫殿庄严地建于城中，一切美好得就像是一个梦境。长安城热闹依旧，根本就不在乎朝廷上这次变故，也根本就不在乎一个失意之人的回顾。

他虽然多次出入长安城，却从来都没有想过自己将会以这样狼狈的方式离开官场、离开家。他熟悉这里每一条街道、每一座楼宇，年少时耐不住苦读多少次偷偷溜出家门在城中闲逛，他知道哪个市集里有最精致的竹编蝈蝈笼，知道哪个小店里隐藏着一位颇有见识的老先生，知道哪一处的高耸的角楼屋檐雕着精美的花……他似乎格外偏爱夜色，在黑夜的掩护下更容易沉下心来思考。年少的日子里，他往往都是在护城河边古树上闲坐半日，再回到书斋之中苦读到深夜。后来随父亲南下，在南方的柔媚中何尝不是夜夜梦到壮阔的长安城。

出生于官宦之家，他从小常听的便是正统的儒家入世之说，胸中怀有的志向随着年岁一齐增长，修身齐家治国平天下，谁人年少不轻狂？更何况亲历了社会的动荡，更是难以抑制入朝为政的渴望。

十几岁的年纪本就张扬，加之又有几篇华丽的诗文受人传赞，更是年少得意，不知愁为何物。后来二十岁中进士，五年后中博学鸿词科，他一回到长安便是春风得意，又怎会去料想日后的坎坷？

一举为官，紧接着登朝堂，他的仕途就像他以前的人生一样太过顺利了。那段时间里他何尝不是结交了诸多贵族子弟，纵马斗诗、赏月听曲，出入都是金碧辉煌的宫殿官衙、歌舞升平的酒乐聚会，整个人都处在热闹喧哗中。当自己遇到志同道合的朋友、当他们革新的政见被君主所采纳，他一度以为自己将要给国家、给百姓带来不可思议的改变。

谁能料到在他最骄傲的时候，迎面而来的却是他生命中最大的一次挫败。皇权更替，他所提倡的革新被中止，所有参与其中的官员都遭到了贬斥，他更是在被贬官的途中遭到二次贬谪，被下放到蛮荒的永州。他本就因满腔抱负的落空而哀愁不已，永州的偏僻贫苦更是超出了他的想象，偏偏在朝的政敌还要对他加倍折磨，官衙居然连栖身之所都不提供。

离家、罢官、丧母，一重又一重的打击几乎要让他精神崩溃，悲痛到极致的时候他甚至觉得再癫狂一点，他就会疯了似的跑进山里与猿猴禽兽为伍，那样也好过承受作为一个人的极端的悲哀。

怪只怪永州多风雪，总是在他头脑发热的时候迫使人因酷寒而冷静下来。

这是他在永州的第八个年头，如果说刚刚被贬谪时还存有一丝被召回长安的欲望，如今也在阴冷潮湿的环境中彻底冷却了热血。长年温饱难继、精神上又遭受到极大的折磨，他的身心健康都早已被摧毁。每逢雨雪，腿部便疼痛难耐，所以在这样一个风雪交加的夜里，只能静静躺在床上，熬过身体上的疼痛和心灵上的孤寂。

他甚至听到远处河水冻结的声音，就像当年自己满腔热血逐渐凝固一样，铿然有声。

天还未明，他便披上蓑衣拿着鱼竿出了门，乡里的渔夫往往会在大风雪来临之前返家，把小渔船泊在山洼里，他正是要借用一条小船去江心垂钓，聊以打发一日的时光。鹅毛大雪飘了一夜，整个世界都变成了纯粹的白色、白色的远山、白色的林木、白色的土地。若是久经沧桑的人心也能在一夜之间恢复纯净该有多好。

天地苍茫，他跳上渔船驶离江岸的时候，看见来时的脚印弯弯曲曲印在雪地上，看见船桨激起的涟漪缓缓散向江心，除此之外，整个世界安静得再没有一丝一毫人的痕迹。当他停下手中的桨，纷飞的雪花也早已掩盖了来时的足迹，整个世界都像是凝固了一般，连风都仿佛被冻住了。

天色青白，大地又覆盖着层层白雪，江岸近处的林木像是穿着白袄的小童，远处的山峦则像是水墨在宣纸上勾勒出的线条，万物隐去自己的颜色，只剩下最简单的黑白。小船停在江心，像是被肃穆的气氛吓到，一丝摇曳晃动也无。不知何时雪已经停了，极致的宁静让他恍惚觉得置身于画中。以往垂钓之时往往能听到山中飞鸟的鸣唱、野兽的嘶叫，如今一并安静下来了，仿佛山水之间唯一的生命体就是他自己。

钓竿轻垂，许久都没有动静，他甚至觉得自己的身体都渐渐凝固了，唯一活跃的，只有思想。它慢慢在脑海中勾勒出画、定格成诗，片刻也不肯安定：

江雪

柳宗元

千山鸟飞绝，

万径人踪灭。

孤舟蓑笠翁，

独钓寒江雪。

来到永州之后，他近乎偏执地爱上了垂钓，或是隐在茂密的芦苇丛中，或是在江中的白沙汀，或是漂在江心之上，周围的环境越是安静，他也就越容易放逐自己的思维。有时候他恍惚觉得自己并不是在等一条上钩的鱼，而是希望在无垠的天地之间钓到一丝安宁、一点彻悟。

今日万物寂静，他的思维也就格外活跃一些，止不住在想：人活一世究竟什么才是最重要的？

在这广阔无垠的江面上，他所依傍的只是一叶扁舟，那耗费了半生心血所追求的名利、所追求的志向都归于虚空。如果船沉了，他的生命也就终了，和浮叶上的蝼蚁又有什么区别？所谓的功名、所谓的政务，甚至连他安身立命的学识、诗书，统统都不如脚下的扁舟可靠。如果真的是溺于水中，世人所苦苦追求的金银华服又何尝不是加速死亡的武器呢？所谓的声名更是虚无得连一段浮木都比不上。当人沉至水底，在淤泥之中化为白骨，又有谁知道他这一生里有些什么故事呢？

如此想来，名利之心也就淡去了。

在被世人称作蛮荒之地的永州待得太久，他早就记不清长安城里精美的饭食和香醇的美酒是什么滋味了，反倒是觉得新春里刚刚萌发的竹笋、夏日里钓来的小鱼、秋季新熟的柑橘、冬日里熏制的腊肉，简简单单烹饪就是不可多求的美味。有时碰上荒年，甚至会觉得各式的野菜也各有各的味道，而人在极度饥饿的情况下，甚至会连味觉都失去了，所求不过饱腹而已。比起那些华而不实的饮食，一碗米饭就足以满足人的需求了，所以又何苦为了身外之物将自己一生拘禁在凡尘中？

如此思之，得失之心也就冷却了。

他从雪上行来时前途一片苍茫，身后唯余下一串脚印；此刻若要返程，来时的足迹也早已被大雪覆盖，仿佛从来都没有人打这里走过。

人生在世何尝不是如此，生命渺小到无论生死都不会在世间留下任何痕迹，在你出生之前，山就站在那儿，水就如此流淌；当你长眠于泥土，山依旧站在那儿，水依旧奔流向东。人有时甚至还不如一树繁花，今春落尽，来年还会怒放，而神鬼轮回毕竟只存在于传说和想象之中。

以无尽的时空对照有限的生命，就连对生死的畏惧之心都慢慢消散了。

他拎着空空的鱼篓回家时，脸上分明是满载而归的神情……

第二节 尔曹身与名俱灭，不废江河万古流

当时写这组绝句，原本就是戏谑成分居多，为了以诗论诗，记录自己读书时的真切感悟而已，所以用词构句多是信手拈来，并没有经过太多的斟酌和推敲，并没有考虑强加给文字某种深邃的意味。如今看来，兴许正是因为浑然天成，才会恰好点破人世间颠扑不破的一大哲理——有限和无限的对立转换。从而拥有品味不绝、常读常新的独特魅力：

戏为六绝句．其二

杜甫

杨王卢骆当时体，
轻薄为文哂未休。
尔曹身与名俱灭，
不废江河万古流。

大唐开国之时，距离六朝的败落并不久远，天下脱离四分五裂的局面复归统一，本就是百废待兴的重要时机，难免会对前朝有诸多借鉴之处。

因此，诗文更是直接沿袭了齐、梁余风，一味以绮丽奢靡为正宗，

题材也大多局限在宫体艳诗的囹圄之中，多写花前月下、美女情好，用词造句必当堆砌典故，普遍以辞藻繁复艳丽为美。实际上，此般诗文早就已经脱离了魏晋风流的正轨，有意为之更是让人觉得乏味无趣、粗俗浮夸，丝毫不见文字清丽雅致之境界。矫揉造作、狭小偏隘，不利于诗文的健康发展和进步提升。

幸运的是，王勃、杨炯这样一批新生的诗人站在唐代诗文风格奠基的重要位置上，能够根据自己作为文人应有的直觉和判断，致力于摆脱齐梁余风的阴影，将更广阔的题材意象引入诗文创作之中，着实如浑浊泥沙之中的一股清流，让人喜悦、让人钦佩。

只不过和任何新生事物的发展一样，他们总是会因为别致新颖、挑战主流而遭受到大多数人的谴责和嘲笑。

他在阅读初唐诗文时，就发现了大量批驳王、杨、卢、骆的文字，有人哂笑他们“轻薄为文”，有人暗讽“纵使卢王操翰墨，劣于汉魏近风骚”，甚至不得不承认这种观点正是初唐文坛的主流，“四杰”遭到批判，受到提倡和推崇的自然就是矫揉造作的宫体文章，褒贬态度十分明显。

如今，文坛上的主流看法却已经发生了截然不同的变化：那些曾经扬扬自得的旧派文人不仅没有诗文传世，甚至连姓名都已消失在历史长河中早就无从找寻。而昔日曾备受指摘的“四杰”，却因为其正确的标杆作用屡屡受到世人的称颂和模仿，在文学史上拥有了不可替代的地位，声名更是如同名山大川一样万古长存。

如此颠覆性的变化绝对不是任何一个人可以预料的。因为在人短暂的一生中，所经历体验、所思考领悟的东西往往都是极其有限的，谁也不知道若以无限的时空做参照，将会发生何种翻天覆地的变化。我们很难去超越自身的局限性，所以睿智达观的圣人才更显难得。

他记得自己在读到“四杰”的诗文以及相关的点评文字时，只是单纯联想到了现实中截然不同的态度，两相比较，才发出了“尔曹身与名俱灭，不废江河万古流”的浩荡感慨。

距离成诗不过才几个春秋的光阴，他在整理旧日诗稿时，眼前仿佛浮现出自己当时得意戏谑的神情，然而此刻的心情却是宁静祥和，更适合思考一些深刻的东西，所以才在不停的玩味之中逐渐放开了翱翔的思绪。

子在川上曰：“逝者如斯夫！不舍昼夜。”

这应该是有文字记载以来，最早以流水比喻时光的话吧。流水滚滚不息东入海，从来就不会因为昼夜、阴晴、春秋的交替变化而稍稍有所停歇，仿佛它生在世间的使命，唯有流动而已。

这样不可逆的性状和时间的流逝最为相近。一粒种子随着时光的变化钻出泥土、萌生新芽，因为春雨的洗礼、夏日的照耀、秋风的抚育、冬雪的滋润而伸展开越来越多的枝丫，进而跟着时间的脚步开出满树繁花，灿若烟霞，倏忽花尽落去，换上青涩的果实。每一天的变化都是独一无二的、不可能从头来过的，就像已经流走的水永远不可能原封不动地倒回此处，明天盛开的鲜花也永远不可能是今日从枝头飘零的这一朵了。

人的这一生更是短暂，从呱呱坠地到咿呀学语，从懵懂顽童到无畏少年，从而立之年到风烛残年，一个鲜活的生命变成一抔黄土、一缕青烟，不过数十年的光阴。以永恒观之，就好比草木上一见日光就蒸发消失的露珠，好比从出生到死去只有数日光景的夏蝉，甚至比这些更短。

在这极端有限的生命中，大多数人却把全部的心血精力都耗费在追名逐利之上。就拿自己来说，多年的寒窗苦读、多年的艰难求索不过是为了求得一个功名、求得一个在朝堂之上施展才华的机会。就因为这样，他错失了童年时许多自在游戏的机会，比如说一次酣畅淋漓的戏水、一日伏在草丛中看虫蚁相斗的闲暇、一种“蓬头稚子学垂纶”的天性趣味。而当他站在一定的高度去回忆、去艳羡的时候，童年的岁月早就已经过去了。

走入仕途之后，才明了所谓的治国平天下的雄心壮志，归根结底还是为了满足自己的虚荣心、自己的欲望而已。士子或许会稍稍清高一点，不是为了大把的金银、奢华的住宅，却也不过是为了在历史书上留下一个清名、一段丰富的人生传记，不过是五十步笑百步而已。

他同样无法免俗，为了这一份名利费尽心思地写下诸多歌颂文字，为了加官晋爵而喜上眉梢，为了罢黜贬谪而黯然神伤、自我拘禁在自己的小情绪里，错过了满天星辰、错过了浩瀚江海、错过了仗剑天涯。当时，还以为自己所追求的就是永恒，就是生命中最重要的东西。直到一路行至生命的暮年，才知道那都是些无谓的蹉跎，所有的功名利禄都是身外浮尘，生不带来死不带去，虚无而已。

君可见国家山河都处在巨大的变故之中，昔日汉家歌舞场，如今早已是野草萋萋，成了燕雀猿猴的居所；曾经指点江山的风流人物，其尸骨隐藏在深谷密林之中尚缺碑铭。若是时间的跨度足够大，甚至能看到万丈高山拔地而起、苍莽峰峦变为浩瀚烟波。

若以此观之，自己都要讪笑自己曾经的无知和局限了。

又何苦为了一点蝇头小利而苦苦挣扎，何苦为了虚名而拘役心神，谁能知道在他死去后，会在多少个日夜之后被世人彻底遗忘呢？

他想到真正横贯千古、为人赞颂怀念的人物，比“四杰”存在更久的，往往都是诸如孔孟老庄一样伟大的思想者。

诸如孔圣人，在其生活的时代他何尝不是为了仕途而辗转奔波于列国之间，为了求一份赏识而颠沛流离，最终无所得、无所获才退而治学？想来当时诸人何尝不会对孔圣人冷眼相加、哂笑嘲讽，像楚狂人接舆一样的隐士一定也会轻视孔圣人的所作所为吧。只可惜最后他们反而因为一句嘲笑留名于世，这种对比何尝不是一场巨大的闹剧呢？

于是最终才知晓，人生中真正永恒的应该是自己的思想，那些与前人智慧碰撞所产生的火花、那些倏忽即逝的灵感，它们往往能够凝聚成最美好的诗文、最富有内涵的哲思，永远经得起推敲，说不定还能为后人留作一个参考。所以纵使岁月如同大浪淘沙，留存下来的应该也是熠熠生辉的金子。

为了修得这样的彻悟，不妨冲淡追逐名利的心吧，这样才有机会停下来看一看路边盛放的杏花，从花开花落之中看透人世间的荣枯兴衰。才有可能邂逅一场急剧的风雨，才会看到不因风吹雨打而凋零的究竟是什么，经风雪而不凋的松柏究竟又在述说怎样的禅机。

如此，方可以将一颗牢牢禁锢的心放松，将之送归于最自由纯粹的状态中去。当心神自由驰骋，才有机会知道生命本来的面目、知道造物主所赋予人的种种智慧。灵魂只有在自由之中，才能忘却忧愁静静安眠，从而得到滋润、得到休养，散发出它本来的香味。

第三节　西风酒旗市，细雨菊花天

秋雨连连，一场更比一场凉爽，似乎在向侵占天地已久的暑热宣战，要干脆利落地将这闷热干燥尽数驱逐。于是西风起，残热退，秋高气爽，正是适合出行的好时节。

滁州郊外，正是一片丰收的热闹景象。五谷丰登，农人涔涔的汗珠都透露出隐隐的喜色来。从播种到收获，每一日都在提心吊胆，担心久旱不雨、担心连雨成涝、担心蝗灾横行，直到秋日的暖阳晒得粮食变成金黄色，才稍稍松了一口气，看着云的变化赶快追着日头收割、晾晒。人在土地上年复一年的劳作，才是永恒不变的主题，不管在历史的长河中朝代如何更迭、政权如何变化，泥土中总是会有萌发的新芽和成熟的五谷。

田园热闹喧嚣的时候，山野却渐归寂寞。

嘶吼了整整一个夏季的鸣蝉纷纷被秋雨打落，曾经争先恐后亮嗓斗唱的鸟儿也在西风中收紧了羽毛，百兽忙着囤积食物，草丛深处偶尔发出的一两声幽咽干涩的虫鸣，更是将周遭的环境烘托得格外空寂。就连风，也不复夏日里的高声呼啸，许是因为林木都将叶片摇落、枝干趋于光秃，再也没有什么能够附和风的节奏了，孤响，总是容易消散的。

可是这寂静何尝不是一种风景。往昔漫山遍野单调重复的绿色都在西风秋雨里渐染浓妆：或是鲜红如跳动的火苗，或是绯红如少女的笑靥，满树的红色则像是落日时分烧起来的云霞，一片片深沉的绿色镶嵌其中，纵使最善写意的丹青手，也很难调出这样纷繁绚烂、搭配辉映又恰到好处的色彩来。

天是晴朗的瓦蓝色，云若有若无地穿梭在多彩的远山前后。近处落光叶子的树木更是精致得令人挪不开眼，似乎每一处枝丫都是朝着最合适的方向伸展，它们的布局、形状乃至粗细都好像经过了最精心的设计。

人站在这样的画面之前，心怀都变得开阔豁达。

他总觉得这才是秋日里应该有的心情和视野，不知为何自古以来文人多有悲秋的诗文，为何人往往会在秋日里黯然神伤。

如果说这零落的秋叶容易让文人墨客联想起自己漂泊的命运，衰黄枯朽的草木容易让人感慨岁月匆匆、生命蹉跎，那么花好月圆岂不应该更令游子远客伤心垂泪，双燕连理岂不是更要惹得形单影只者失神牢骚？

景物哪里又会包含固定的情感色彩，终归还是人的心思、人的情绪引发了对物的不同观感，心之所想才决定了眼之所望。

归途，他远远就看到了路边迎风招展的酒旗，看来每次出行都选择不一样的路是一个正确的决定，否则怎么可能邂逅一壶美酒呢？有惊喜在前头等待，脚步自然而然也就变得更加轻快，于是很幸运地赶在细雨飘飞之前抵达酒家。远处山头还有隐约的日光，行雨乌云更是走得极快，看来这场雨不会久下，说不定正好为他预留了饮三杯淡酒的时间。

酒家小院窗下，秋菊正是最热闹的时候，弯曲环绕的白色花瓣尽情舒展，展现着自己最悠然闲适的一面，一朵朵繁花成簇，像是初雪一般明净，像是美玉一般和润，像是明月一般皎洁。

可是，不知是不是饮急了的缘故，他竟有些醉了，恍惚有些压制不住内心的惆怅了。

这是被贬滁州的第一个秋天，仕途受挫，被迫走向田园，他时常出游，为的就是在自然山水之中寻一片净土、一点安宁。他原以为自己能够摆脱悲秋的窠臼，却还是几杯清酒下肚，便在西风细雨里败下阵来。都怪这白菊，无事为何偷染自己鬓发的颜色，无故为何要让人想起自己青春不再、年华老去？

遥想彼时，少年得意轻狂，心中无忧无惧，哪里会有伤春悲秋之感？

他在第三次科举时才终于进士及第，“春风得意马蹄疾，一日看尽长安花”。年少丧父，客居他乡，他的学习积累之路原本就清贫寒苦一些，天分过人加上刻苦攻读，他的才识本来毋庸置疑，却在意料之外连番落第，这仿佛是上天为了让他大展宏图而故意设置的坎坷。正因如此，高中之时的喜悦才来得格外浓郁，比他这一生中品过的最香醇的美酒还要摄人心魄。

及第之后的一切都来得格外顺利，因为过人的才华他被授予不错的官职，金榜题名加上洞房花烛，他转瞬就从一个寒门学子登上了人生的顶峰。洛阳为官，受到钱惟演的赏识和举荐；诗文突进，结交了众多志趣相投的文人好友，那时候的自己犹如乘风展翅直上青云的大鹏，从飘扬光明的云端俯视山水，无论何时何地，总觉万物都是美好而明媚的。纵使秋风起兮、万物凋零，他也觉得心中宛若春花绽放。

身在庙堂，自然要全心去探索治国理政的方法，接触得越多，思考得越深，他所看到的官场的腐朽和黑暗就越多，儒家经典所培育的文人士子，历来以修身齐家治国平天下为追求，他自然不例外。凭着一股赤诚和信仰，拼着全身的热血和精力，他斗志昂扬地向国家政治的积贫积弱局面宣战。

他越来越认识到整个国家的弊病在于冗官冗员，顺理成章地就与提倡改革的范仲淹结为好友，站在了提倡新政的统一战线上。犹记得那时候的他们，从来都没有怀疑过新政的可行性，因为无论从哪个角度分析，百姓和大宋都能从中获益。他们唯一没有考虑的便是既得利益者的立场，守旧派为了自己的权位，针锋相对，直到把所谓的新政摧毁、把所有提倡新政的官员外放。

他就是在贬谪中来到滁州，他就是在新政彻底的失败中绝望怅惘。一个国家的政治举措背后是复杂的关系网，豪门大家、军权财权、赋税地方，所有的势力人员都纠缠在一起，兴利除弊、推行新政谈何容易？哪是一股热血、一身才学就能解决的呢？

他忧国忧民白了头发，却被君主放逐到滁州。认识到无力改变朝野的自身局限之后，似乎他能做的就只有逃避。表面上他似乎是乘兴出游的悠闲太守、是歌颂美秋的山野醉翁，谁知一杯浊酒下肚，他心中泛起的却是无穷无尽的愁苦。

一盏饮尽，绵绵秋雨不仅没有停歇之意，反而更加细密。不知是人醉了，还是心醉了，他竟不顾店家的连声呼喊，径直走进清寒的雨幕里，或许只有借助外界的凄凉，才能稍解他心头的忧愁。

回望的时候才又看见那丛菊花，竟然丝毫没有被风雨打落，反而因为雨水的洗礼更加傲然劲爽，纯净的色彩甚至有一点晃眼。也对，凌霜而放的秋菊本就是花中的君子，在草木繁盛之时不与之争春，在万物衰败之时兀自精彩绽放，这样的气节和心性少有，又怎会轻易因风吹雨打而凋零呢？

不被世俗的风雨灾难打倒的人，又有多少呢？

纷纷细雨织就朦胧的薄纱，隔着风雨的帘幕望去，山朦胧水朦胧，天朦胧树朦胧，整个郊野就像是被水渍开的色块，缤纷中略带一丝柔和。醉眼更是给风景添上一丝梦幻色彩，他竟觉得山水都在悠悠地向他招手，呼唤他放下这不应该享有的利禄供奉，往田园山野中归去。

他脑海中晃过好多人影，似乎听到渔父笑而歌：沧浪之水清兮，可以濯吾缨。沧浪之水浊兮，可以濯吾足。又仿佛面对着接舆的责问：凤兮凤兮，何德之衰……画面飞速轮转，模糊进而清晰，重叠然后散去，隐约有一只灵动的青鹿从密林崇山之中朝他行来。有一个声音逐渐清晰：随它归去，归去吧。

无力解决的难题只能让自己心神拘禁，无力改变的浑浊说不定会污染人心，既然入仕之路难行，索性把一点私欲、一点凡心全都放下吧，潇潇洒洒只做一个人间无事人。这念头与诗歌同时在脑海中形成：

秋怀

欧阳修

节物岂不好，秋怀何黯然！
西风酒旗市，细雨菊花天。
感事悲双鬓，包羞食万钱。
鹿车终日驾，归去颍东田。

心情与天气同时复归晴朗，若是不求名利、放下执念，生活自然会变得简单轻松许多吧。饮酒时能安心醉去、出游时能尽兴赏秋，远不会有今日这般狼狈。细雨似乎把他心头的困惑、犹豫一并冲刷干净了，整个人倒有点像雨后的菊花、空山般清爽。

不如乘兴驾鹿车、归颍川，趁着自己的良知节气尚存，彻底避开这浑浊腐朽的世事吧，哪怕是做一个日出而作、日落而息的农人，也好过在极度的忧愁中白了头发、冷了心肠，才能保有最后一点气节风骨。

若能够集古金石遗文一千卷、书一万卷、琴一张、棋一局、酒一壶，做一个自在穿行其中的闲适老翁，了却残生，又该是多大的幸运。

第四节　君问穷通理，渔歌入浦深

世人常道：人进入将暮之年，往往更喜欢回忆往昔。或许是因为越来越近距离地接触死亡、越来越真切地感知到生命的衰败，所以才会更迫切地想要用曾经的喧嚣热闹来证明自己的存在吧。

近来在与知交好友的应酬唱和之中，他便常常会不由自主地陷入追忆。

犹记得当时刚与张君相识，那时他们都还年少，浑身上下透出一股子初生牛犊不怕虎的闯劲，仗着数十年苦读啃下的诗书经典，便自以为拥有了运天下于掌上的能力和气魄。少年一贯轻狂，一贯心高气傲，看不惯朝野上下的腐朽勾结，以为只要壮志够大、只要意志足够坚定、只要态度足够积极，就终有一天能改变官场的黑暗，能打破陈规陋习的束缚，能战胜现实中的一切消极不如意。好像这个世界如此败坏，就是为了等待自己来将之改变。

如今想来，那个时候的自己必定满心满脸都是骄傲自负，抱着不撞南墙不回头的决心径直在世间闯荡，整个人都透露着一股昂扬的生命力吧，一如春雨过后使劲向上钻的竹笋、一如脱缰之后在原野上狂奔的马驹。做什么都是任性肆意，做什么都是骄傲张狂。

能够把失败当作教训、把失意当作积累的年纪里，无论做什么都会是人生不可多得的财富吧。

可惜随着时间的推移，天真无畏的少年郎往往会以惨痛的代价认识到自身的局限，然后确认那些黑暗腐败远比想象中的要顽固得多。终于知道有些不好的事情以一己之力是无法改变的，有些阴暗面不是靠着一股热忱就足以驱散的。眼看着自己的心血遭人践踏，眼看着忠贞之士逐一被贬斥，他虽身在朝堂，心却就这样在仕途官场上撞得头破血流，失去信念，失去坚持的勇气。

一颗心再也不复曾经的热血，整个人也失去了昂扬的斗志，似乎对万事万物都不再关心，只想归于绝对的宁静。不被打扰，自然也就不会有所困扰。只想逃离这个压抑的环境，只想卸下肩上的重担，丝毫不想关心所谓的国家之治、民生之忧。重又回想起年少时的雄心壮志，只觉得黄粱美梦、恍若隔世，此刻的他已明白自己并没有治国理政的高策，满心只想归隐旧日山林，从惹人烦忧的世俗之中彻底逃脱。

以此情此心归隐蓝田辋川，自然只会把大好风光都辜负。

春来桃杏满枝，灿若烟霞，他却陷入繁花落尽的忧惧之中，生怕百花如自己的梦想一般沉沉凋落再无登顶之日，恨不能把讨厌的风定住，恨不能把无尽的雨饮尽，满心都是纠缠不清的愁闷自苦。夏日里疾风骤雨，淋漓洒脱，他却觉得都像是生命中巨大的磨难，一点点冷却人的豪情、一点点吹散人的信仰，甚至连蛙鸣蝉语都成了惹人烦忧的源头。自古文人悲秋，他更是在飘飞的落叶中一次次感叹自己年华老去、鬓发衰白。冬来万物沉寂，他难免又陷在孤独的困境里，恨不能长醉不起……

如此这般，身虽归隐，心却纠缠，白白把美好的山水风景都搁置了。

友人的来信更像是磁石一样使他沉沦到追忆的旋涡里，隔着多年闲置的时光回忆当初，突然就发出无能为力的自嘲感。他常常借口老来好静而拒绝所谓的应酬唱和，并以此作为隐居蓝田的借口，只有他自己才知道，远离朝堂放弃官务都是被迫的，迫于无所作为、迫于岁月蹉跎，因为没有能力去改变不堪的世俗，所以只能委曲求全把曾经的壮志雄心都深深掩埋。哪里是因为晚年好静，哪里是漠不关心，不过是没有能力去实现自己躁动的抱负而已！

月亮阴晴圆缺只不过是不入眼的风景，纵使身在田园，心也常常感到拘禁。

张君来信追问何为人生真道、世间禅理，他完全不知应该如何回答，他自己何尝不是在苦苦寻求一个答案？

是夜月明星稀，松风轻拂，月儿一点点转动，凉如水的月色一滴滴沁入心神，竟令连日来烦躁的内心慢慢归于安定，难得的舒适。他看着树影摇曳，就像是长袖善舞的美人步履翩跹、乘风起舞，他突然就想到了那张尘封已久的古琴，莫明就觉得心中有一段跃动的曲子迫不及待要迸发而出。

于是风似的携琴入竹林。从来都没有像今夜这样细致地观赏周遭的风景。千百根修竹俊美得倒像是用笔细描的水墨画，在月光下浸染上薄薄的银光，以至于绿意更加幽静，以至于身姿平添疏朗，它们正是今夜里最好的听众。他曾多次醉卧在这块青石上，彼时只知道它通体光滑冰凉甚为舒适，此时更是惊觉它平坦如书案，倒像是从天而降的琴台，它甚至在月光下透出幽微的光芒来，和竹林中隐约可见的萤光交相辉映，如梦似幻。

手指抚上琴弦的时候，好听的曲调几乎是迫不及待地跃出，在琴弦上歌唱。

他听见山顶的松风一路呼啸而来，清朗而明快，于是阵阵松涛便融合在琴曲之中，乐声里带着风。他听见潺潺的流水不绝于耳，欢畅而灵动，于是指尖便淌出水滴来，琴音之中有暗礁、有浪花。他听见不知名的鸟叫婉转缠绵，清脆而多情，于是以琴曲相和，竟难辨真假，引得林中的鸟儿纷纷开嗓，争相鸣唱。

他从来没有这样的感受，从来不知道完全融合在自然之中竟是如此轻松自由，就像是花瓣飘在风里，就像是雨水落在湖中，悠然闲适不知此身为何物。他的灵魂伴着琴音，在阵阵松风中自在飘荡、在流水与鸟鸣中恣意歌唱，犹如游云，甚至比一丝游云还要自在。

心累于凡俗的时候，他并不相信自然能够给人精神的解放，他甚至怀疑隐逸名士不过是在自欺欺人。今夜有风吹散他的衣带，今夜有月照亮他的琴台，似乎就在一刹那，山水自然以全新的角色出现在他的眼前，令他的内心掀起微波。

他突然就想好了如何回复友人的疑问：

酬张少府

王维

晚年唯好静，万事不关心。
自顾无长策，空知返旧林。
松风吹解带，山月照弹琴。
君问穷通理，渔歌入浦深。

他们所苦苦追寻的痛彻哲理，一直都在山水风月之间、在渔歌河浦深处；所谓人与人之间的区别，只不过是悟与不悟而已。

许由洗耳之水与辋川的湖水并无区别，庄子所看见的无用之木如今依旧遍布林间，远处有渔父的高歌，若是屈原在此，重现经典的对话也未尝不可。山水依旧，有所变化的正是人心，只是人心。

有人从政务的樊笼里脱身，心却始终困在名利圈里，看山不是山、看水不是水，再好的风光也不过是白白辜负。就像他一样，因为在仕途上遭遇了极大的失败，曾经引以为傲的理想再也没有实现的可能。曾以为光明的前途突然就在一片混沌中中止了，他承受不起梦想与现实的落差，他承受不起失败的敲打，所以只能逃，逃出朝堂，逃往山野。他所谓的喜好安静、所谓的隐居山林不过是借口，所以山风秋月才不能入他的眼、他的心，自然他也就无法领悟其中的哲理。不过红尘一俗人而已。

有人心灵澄澈生性洒脱，入朝堂则为国为民，入山野则淡薄名利，看山是山、看水是水，可以踏实安然地在任何的环境下找到适合自己的生活方式。这样的人很容易就在自然之中悟出道理，很容易就可以寻得自己内心的安宁，他们则是生活中的智者。

更有甚者不管身在何处，心灵都跟风一样自由，看山不只是山，看水不只是水。他们的灵魂中自有重峦叠嶂、自有浩瀚流水，名利俗事不过是浮云一朵，掠过了无痕。他们可以在荒漠旷野之间架构起精神世界的高楼大厦，也可以在喧嚣嘈杂之中归于自己内心的空山幽林，他们的灵魂本就是禅意所归、哲理所寓，他们是暂居人间的圣者。

他只是在明月竹林之中，在琴音的带领下略略窥见人生更高的境界，突然间就对名利世俗的争夺心生出一股厌倦来。终得以对烦躁不堪的自己有了更深刻明确的认识。自己在世间钻营求索，是何其不堪，除了禁锢心灵之外可以说是一无所获。他突然想要去追随智者的脚步，达到人生更高的境界——想要在有限的生命里，得以知遇某些无限的东西，想要把灵魂修炼得更加纯粹。就像看见过宽广海洋的河伯终于知道自己的狭隘，就像沐浴在朗朗月光之下的人不会满足于微弱萤火，他想要拥有一颗臻于纯净完美的心。

好似有一扇曾经紧闭的大门在今夜里向他打开了，门里是一个全新的世界，有着纯净的月光、轻柔的松风和缓缓的流水，有着绝对的自由和淡泊，它们足以安抚一切苦苦挣扎的灵魂。他忍不住心头的雀跃，他就要在充满光明的路上随风狂奔而去了……

第六章

惜·缘分·聚散也无常

第一节　最是人间留不住，朱颜辞镜花辞树

船在水上行驶数日，终于回到家乡，站在甲板上遥望陌生又熟悉的故乡山水时，他竟然会控制不住身体的微颤，心里种种情绪翻江倒海一般，心跃动的节奏居然比拍打船体的劲浪还要有力。就连自己也分不清是即将重逢的喜悦多一些，还是久别归家的怯意更重一些。

头脑中急速运转的念头实在太多，他的身心似乎还停留在漂泊晃荡的感觉里，以至于竟是在一片混沌之中站到了自家门口，根本不记得自己是如何下船，如何穿过熟悉的街道，如何与满脸讶异的邻居对话。一切仿佛刚刚才发生过，又好像久远得如同在梦中，似梦非梦，似醒非醒。

直到他站在墙外看到那探出头来的一枝海棠，看到熟悉的花朵与色彩，一颗心才慢慢从恍惚之中清醒过来，他总算真切地感觉到，自己回家了。

院中这一株海棠在他孩童时便已经枝繁叶茂了，不知有多少个雨前黄昏，小小的他就蹲在海棠前看着地上的蚂蚁搬家，有时候还会调皮地拿小树枝挡住它们前进的队伍，兴趣盎然地瞧着它们着急乱窜、看着它们用触须交流、看着它们终于翻越障碍重新组织起行伍，小人儿的心中满是欢欣雀跃，仿佛自己刚刚也随着蚂蚁翻过高山、越过大川一般。

还有夏凉如水的夜里，皎洁的月色下海棠树就像披上了一层轻薄纱，身影绰约、分外婀娜，执着小扇扑打流萤的人儿，回首之间往往

会被它摄取心魄，静静地呆看着。以至于后来他在诗书戏文里读到美人出场的桥段，总会不自觉地在脑海里勾勒美人的身姿，静谧柔媚，一如月光下的海棠树。

当年远行时正是海棠盛放的季节，如今归来海棠依旧是怒放的时节，若不是满身沉重的风尘，他真要怀疑自己不过是去村头江边小小垂钓了一个下午，不过是出门拜访老友逗留了三两日而已，好似连一个花期都没有错过。

然而这繁茂得探出墙头的海棠、已经老旧的白墙朱门、布满青苔的脚下台阶，以及自己双鬓日渐增多的白发都深深刻印着时光的印记，它们都在风里无声地诉说着他是久别归来。

说不清他究竟在门前站了多久，不知是什么牵扯住了上前叩门的脚步，直到原本晴朗的天空乌云密布，空气中充斥着大雨来临之前的沉闷燥热，那扇门被打开，跃进眼帘的身影才将他从沉思中唤醒。

他可以真切地看见妻子眼中滚动的泪水，看见那清亮眸子中的自己鬓发斑白、风尘仆仆，看见佳人的脸上刻印着憔悴与时光，再也不复新嫁时的朱颜。多年来积压在心头的离别之思随着一声春雷滚滚倾泻，相思之情更比骤雨急迫，他觉得自己内心正卷起滚滚的扬尘，足以遮天蔽日。

相对无言，只能无言，尽是无言。

两人在檐下走廊，看着急雨把繁花一朵朵打落，他明明有很多话想说，却不知从何开口。他想说那么多个辗转难眠的夜里，曾经一遍遍向明月祈求早日归来，不知这份心意可曾互通；他想说这根海棠花形的朱钗，是在异乡热闹的集市上一眼相中的，不知在她发间该是怎样的风景；他想说每一处美好的风景、每一段温暖的故事；他想说每一次相思、每一种酸楚……直到繁花落尽骤雨初歇，还是不知如何打破沉默。

他看着自己日夜思念的佳人，面容憔悴，身姿消瘦，早已不复当年新嫁时的容光，正好比被急雨打落、沾满泥土的花朵，胸中不禁涌起酸涩的心疼和不舍。远行的日子里，他竟把最美好的芳华尽数辜负，如今归来，自己何尝不是身心俱疲。有雾气渐渐蒙上眼睛，恍惚间好似又回到那彻夜的红烛灯影中。

那一夜，亲朋的祝福如海浪一般涌来，好不容易结束了前厅的宴席，他几乎是雀跃着跑过长廊直奔新房。他如今日归来时一样，也曾经久久呆站在喜气洋洋的新房前，看着心上人的倩影被烛火映照在门窗上。他抬头看看月，月光似乎都被满院的红烛夺了风采，他侧头看看海棠，花儿应景般一夜不曾眠去，他就在温馨的光影里带着醉人的甜香走进自己的爱情。

龙凤盖头下羞涩的新娘满面绯红，恰似一朵娇媚的海棠在她脸庞绽放。佳人眼中荡漾的秋波才是今夜最醇厚的美酒，酒不醉人人自醉，那一刻的幸福如同爆裂的灯花，美好到让人快要承受不起。他终于知道为何诗词戏文里歌咏不尽的总是爱情，他觉得再华丽的辞藻来形容此刻都会黯然失色，他渴望时光长长久久地停留在此刻。

可是离别来得那样快，他都来不及再为自己美丽的娇妻多画一次长眉，来不及多为她写一首缱绻的长诗，便在伊人盈盈的泪水中乘帆远去了。

离别之初，他比谁都要渴望功成名就，他迫切需要荣归故里、回到伊人身旁。他在每一封缠绵的家书里许诺着自己的归期，许诺将与她并肩赏玩院中盛放的海棠。可是年复一年，他却始终没能兑现自己的承诺，时光它实在是太过匆忙，不知不觉春去秋来都已经好几遭，他还是流浪在外、声名不就，不知何时才能见到心爱的妻子。

乱世里家书断断续续，她早就不再追问归期，似乎已经习惯了他的失信，只是在薄薄的信中反复叮嘱他按时吃一日三餐，天凉加衣。

越是平静的语气越是让他怜惜不已、自责不已。多少个辗转难眠的夜里，思念包裹得人难以呼吸，他一次次设想如若重逢该是怎样激动人心的场面，他一定会无法克制自己的眼泪、无法压抑自己想要拥抱她的渴望。他会点燃一双红烛，将积攒了满腹的缠绵思念说与她知晓。

可是这离别实在是太长了，再深重的情绪都被时光层层掩埋在心底，轻易无法碰触。以至于在这久别重逢的日子，他们静对无言，没有言语，直到绿窗外天色暗去，她静静地把一对红烛点燃，他才终于卸下自己心上的枷锁，将消瘦的妻子紧紧拥入怀中，彻夜无眠，把一缕相思慢慢倾诉：

蝶恋花

王国维

阅尽天涯离别苦，不道归来，零落花如许。花底相看无一语，绿窗春与天俱暮。

待把相思灯下诉，一缕新欢，旧恨千千缕。最是人间留不住，朱颜辞镜花辞树。

他说远行日子里的奇闻趣事，她说乡里家中的日常琐事；他说他见到了京城里鳞次栉比的房屋，她说她等到了蚂蚁搬家时连贯的行伍；他讲述为她写的每一首浪漫悲哀的情诗，她静静地聆听着，眼里尽是温柔。

可是他们都知道这相聚纵然欢喜却也填不满彼此缺席的时光了，空白的那些日子不知用多少陪伴才能补偿，或者说根本无法补偿。她再也不可能回到当新娘时的羞涩模样，他也再不复远行前的意气风发。他们熟悉，熟悉又陌生。

聚散无常，人生平添几多惆怅。

就像一场雨打落满树的海棠花，那样鲜艳的颜色融在泥土里，那样灿烂的花事今春便再也见不到了，纵使明年花会开，谁又知道到时候赏花的人儿该是谁，有着怎样的心情？

人生短暂，所经历的聚散离合却实在太多了。告别一个陌生人、告别一个知己好友、告别生养自己的父母和最亲爱的妻儿，谁也无从知道哪一场离别将会永无重逢之期，谁也不知道如若重逢，中间又会隔着多少年时光的沟壑。

更何况古时车马行缓、书信遥遥，一场离别就意味着消息的断绝，一次聚散必定要耗费长久的岁月，一生又经得起几次离别？久别重逢之后，谁又能保证曾经的知己与自己依旧有着往日的默契，谁又能保证当日的爱情还一如既往的简单纯粹？时光匆匆，带走生命，也带走情怀。

所以呵，在无常的聚散离别之中，唯一能做的便是用尽全力珍惜眼前人、珍惜当下的时光。在一起的时候，不辜负每一场怒放的花事，不辜负每一个明亮的月夜；能够拥抱的时候便尽力拥抱；能够饮酒畅谈的时候便不吝啬自己的情感。真心去对待身边每一个人，真心去感悟每一日时光的流逝。

然后当离别来临，简简单单道一声珍重，潇洒离去。独自前行的日子里，每看到一朵花开、一次月明便像回到当初一样，便可以坚信你在同样的花开月明里与我有相同的思念和祝福，万水千山、心意相通，人生若能如此，又有何遗憾？

如果有幸能够重逢，往日旧友仍然可以一杯清酒到黄昏。

如果不幸散落天涯，明月婵娟自然会寄托着彼此的牵挂。

第二节　人生到处知何似，应似飞鸿踏雪泥

嘉祐六年，对他来说注定是生命中极其重要的一个节点，这一年，他应中制科考试，官授大理评事，签书凤翔府判官。原本四年前，他就与弟弟苏辙一并进士及第，当时却因为丧母而匆匆离京返乡，根本来不及投身仕途。直至如今，自幼以来所企盼进入的朝堂才算正式向他敞开大门，因此所获得的喜悦自然比声动京城还要真切宏大。

少年心中满是对光明未来的期盼，想到可以用自己的智慧谋略而使得一方百姓安居乐业，想到从今往后会在仕途中青云直上步步高升、最终实现儒家士子治国平天下的人生理想，一腔热血就难免为之激动不已。那种心情就像是心中已经写成了绝妙好词，只等铺纸研墨便可恣意挥洒时一样急切。

心被这种情绪充盈，以至于在赴任前夕和弟弟告别之时，竟丝毫腾不出空隙来盛放离别所应该产生的悲愁。他朝陕西路前行时的背影，应该一如幼时奔向书斋一般雀跃欢腾，浑身都透露出喜悦的气息来。

然幼弟自小就是跟在长兄身后的小尾巴，在此之前，兄弟二人从来没有长久地分别过，如今亲自送兄长远去，心中自然会有不舍的情绪。更何况在离别之际复到渑池，旧地重游原本就容易勾起人对往事的怀念，所以几乎是在刚刚挥手告别、彼此的身影刚刚淡出视野的时候，心中的悲伤担忧就定格成了诗：

怀渑池寄子瞻兄

苏辙

相携话别郑原上，共道长途怕雪泥。

归骑还寻大梁陌，行人已度古崤西。

曾为县吏民知否？旧宿僧房壁共题。

遥想独游佳味少，无言骓马但鸣嘶。

他前脚刚到凤翔，送信人后脚就送来了沉重的家书。他一边读，脑海中一边浮现出生动的画面：那日话别之后，兄长径直前行，全然不知幼弟正在身后久久凝望自己的背影。弟弟纵马返程的时候，形单影只，看着雪地上来时两人并肩同行留下的足迹定会深深皱眉：此时兄长恐怕已经度过崤西了吧，今日一别，不知何时才能重逢。为了疏解心中的离愁强行将思绪拉扯回此地此景，自己曾在渑池做过主簿，不知百姓是否还记得。那时曾与父兄共宿僧房，还在墙壁下一齐题诗留念，不知还能否寻到旧日踪迹？想来兄长独自前行一定也是了无趣味，只能寂寞地听着骓马的嘶鸣……

他自然读懂了诗中深深的眷念，因此才会觉得只言片语被这情意浸染得格外深重，可是他的怀念却早已化作更纯粹的祝愿，并不会陷在愁苦中难以自拔，甚至于让忧伤消极的情绪影响到自己刚刚起步的仕途前程。他深知自己的兄弟是个情深意重之人，若是离愁别绪得不到及时的排遣，很容易就会画地为牢，困在忧伤之中举步不前。乃至于这一日，他一直都是手捧家书，希望用最恰当的语言去开解子由。

很多个意象和辞藻在脑海中奔涌跳跃，却很难准确地抓住最合适、最达意的那些，手心的汗渍几乎要把一张信纸染透，才终于找到了最能表达自己情意、最能描述自己心境的诗句，落笔之时神情姿态更是少有的庄穆，这并不仅仅是对子由的开解之词，同样也是此时自己所能想到的最完整的人生感悟：

和子由渑池怀旧

苏轼

人生到处知何似，应似飞鸿踏雪泥。

泥上偶然留指爪，鸿飞那复计东西。

老僧已死成新塔，坏壁无由见旧题。

往日崎岖还记否，路长人困蹇驴嘶。

二十岁那年，他和弟弟在父亲的带领之下，从偏僻的西蜀之地沿江东下，进京赶考。一路的颠沛流离终于要因为进士及第而稍稍定歇之时，却得到了母亲病逝的噩耗，父子三人匆匆离京，回乡奔丧。守孝期满，兄弟二人重又回到京师等候朝廷的起用，直到被授官凤翔府判官，匆匆告别、急急北上，方才稍有安定之意。

这数年的光景，有大半的时间都是耗费在行路途中。从这一座山到另一座山、从这一条河到另一条河，从蜀中到京城、从山野到庙堂，他常常在想，自己这样东西不定的漂泊应该像什么呢？

浮萍？然而浮萍尚有根须，还能够相互聚集长久地停留在一片水域，自己离开西蜀的日子，则更像是无根虚浮在世间。

清风？然而清风自由自在，可以在苍茫的天地间去往任何地方，自己远没有那样恣意任性的资本，心神还为名利所拘禁、所束缚。

直到前不久看到飞鸿留在雪地上的痕迹，他才算找到了最恰当的比拟：人生不过像是任意翱翔的鸿鹄，它选择前往何方、它会在何时收敛翅膀落在雪地上留下自己的印迹本就是无规律可循，不可预料，不可计算，原本都是偶然随缘的成分居多。有时候刚刚在某处看见地上新留下的印迹，寻觅时才发现鸿鹄早已飞往云外天际，不辨去向。

人生何尝不是如此，去过哪些地方、将要去往哪些地方，原本就是意料之外的事情，所以人和人的相遇、人和一个地方的相遇原本就是缘分使然。他们父子三人曾在渑池古刹中留下的痕迹，不就像是鸿鹄在雪地上留下的爪印吗？那时候他们根本就不知道明天自己将会在何处，更不可能知道会在数年后重返旧地，刻下新的痕迹。而人短暂的一生其实和一场冬雪没有实质的区别，人出生就像一场新雪，纯净无痕；人一生的遭际正是在自己的雪地上留下各种痕迹的过程；而死亡则像是冰雪融化，时间越久越是找不到曾经来过的证据。

既然一切都是偶然，自当以顺其自然的心境去对待人生，把悲欢离合都看作生命的常态，坦然去接受、去适应，心怀自然会更加豁达宽广，少有愁思缠绕。

子由在诗中回忆曾经借宿渑池古寺时，父子三人曾在禅房墙壁上题字，甚有找寻旧日足迹的意思。他却早有耳闻，当时接待他们的高僧早已圆寂仙去，埋葬舍利的佛塔说不定都已经在绵绵阴雨中生出青苔，又怎么可能在倾颓毁坏的墙壁上找到一星半点墨痕呢？不知子由是否还记得当时前往渑池时艰难崎岖的路程，山高路远、身心俱疲，唯有蹇驴的嘶鸣在空寂的山野间回荡。

就像声音散在风里一样，曾经的足迹、留下的字词同样都是雪泥上的印痕，春秋代序，旧雪早就融化，哪里还可以寻觅呢？

索性放下这些执念吧，把眼光和心血都花在未来将要去往的方向上，尽力走好接下来的路途，难道不比回忆往昔更重要吗？

还记得当初一行三人离蜀日久、钱粮不多的时候，是怎样穷困潦倒的局面。那时候父子三人均没有功名在身，京中也没有可以依傍投靠的亲戚友人，每一天都艰难行走在完全陌生的环境里，风餐露宿是常有的事，所以会觉得能够借宿野寺都是一种幸运。彼时完全是靠着心中的信念硬扛下来，一路坚持到了京师。

如今兄弟俱有功名在身，满腹的才华受人赏识，并且获得了进入仕途的机会，这样的情况和当日相比实在是太明媚美好了。他有满腔的热血和抱负亟待施展，犹如大鹏在九天上将要展翅一般，心中尽是自得和憧憬，他深深体会到希望带给人的精神的动力和全新的风貌，所以才会更迫切地希望把这一切都教给自己的弟弟，希望他不要再沉溺于怀旧，而是勇敢坚决地迈步向前。

心境豁达，词文自然也就恣意潇洒，想来子由定能从中悟出兄长殷切的期盼吧。

人生本就聚散无常，如飞鸿踏雪泥一般充满了偶然性，若是因为离合悲欢而束缚住了心神，只会得不偿失。不如在团聚的时候便尽力珍惜在一起的所有时光，在分别的时候便用力拥抱，将自己的思念化作最好的祝愿，打包成行囊带到四方。将分散的日子当作时光的馈赠，用尽全力活好自己的人生，以便重逢之时有全新的面貌去道一声“再见到你真好”。

如此，才算不辜负缘分的安排吧。

第三节　江畔何人初见月，江月何年初照人

这是他一生中最骄傲的一首诗，也是唯一一首情感与风景完全交融的诗，以至于无论什么时候想起，他都感觉好似回到了那月夜下的春江畔，仿佛依稀还能嗅到那浓郁的花香，还能听到潮水有节奏的声响：

春江花月夜

张若虚

春江潮水连海平，海上明月共潮生。
滟滟随波千万里，何处春江无月明！
江流宛转绕芳甸，月照花林皆似霰。
空里流霜不觉飞，汀上白沙看不见。
江天一色无纤尘，皎皎空中孤月轮。
江畔何人初见月，江月何年初照人。
人生代代无穷已，江月年年望相似。
不知江月待何人，但见长江送流水。
白云一片去悠悠，青枫浦上不胜愁。
谁家今夜扁舟子，何处相思明月楼。
可怜楼上月裴回，应照离人妆镜台。
玉户帘中卷不去，捣衣砧上拂还来。

此时相望不相闻，愿逐月华流照君。
鸿雁长飞光不度，鱼龙潜跃水成文。
昨夜闲潭梦落花，可怜春半不还家。
江水流春去欲尽，江潭落月复西斜。
斜月沉沉藏海雾，碣石潇湘无限路。
不知乘月几人归，落月摇情满江树。

若不是因为辞别，他也不会知道春江花月夜竟是这样美好的画面。那是在临行前夕，他和知交友人在小船里饮酒，原本送别时分想要交代的话儿就更多一些，更何况还有美酒在杯，更是把人心中的情绪拉扯得绵长而细密。小船随着江水的起伏轻轻摇晃，水面拂来的微风甚是凉爽，酒酣话饱，渐渐就辨不清自己究竟是醉了还是困了……

醒来时船已经泊在江岸，船中杯盏交错，好友伏在案上早已睡熟了。明日一早他就要乘船远行，远离熟悉的乡土和交心的朋友，酒醒之后不舍之情更加浓重，他迫切需要吹吹风散散离愁。

走出船舱才惊奇地发现早就已经入夜了，这月色着实明亮，如雪光、如传说中仙人珍藏的珠宝，整个世界都笼罩在一片银光之下。他甚至可以看见远处的群山、水边的游鱼甚至自己衣衫上的绣纹，难怪醉卧在舱中时会误以为时间还停留在白昼。

想来这月亮从海天交接之处升上来的场景一定很壮阔，一个接一个的浪头向着东方滚滚而去，极速冲击而成的浪花如雪如玉，雷鸣一般的吼声终于把贪睡的月儿唤醒，它跳出海面，任性地越走越高，仿佛要压制住世间一切的喧嚣，它把光芒洒落在天地各处。万物都笼罩在和润的月色之中，或是香甜地睡去，或是安静地沉思，就连江水流动的声音也逐渐变得和缓，他甚至可以听见自己的呼吸声。

这辽阔的江水，即便远远遥望也无法窥得全貌，虽不知它来自何处又将在哪一个拐弯后归往海洋，却知道在如此美好的春日夜晚，每一处水波浩淼的江面都会倒映着圆润的月儿。在这水光朦胧之中又该上演着多少悲欢离合的故事……

他觉得自己是被清新的花香牵引着才来到这片怒放的桃林前，本就娇嫩的花儿染上一层清雅的月色，更像是女儿家脸上的绯红，大片的桃花则像是雾气缭绕中的烟霞，美艳不可方物。

回首更觉江水浩瀚，来时乘船路过的江中白沙汀大概已经被潮水淹没，早已看不见了，即将去往的远方也被黑暗吞没，难以识别。来路和归途都是一样的寂静，此时此刻，只剩下他站在这温柔的月光之下，回忆过往、遥想未来。

在无限宽广的世界中往往更容易感知到自身的渺小，他觉得此刻的自己就像是苍茫天地间的一粒沙石，像是无垠海洋中的一片浮叶。昂首看月的时候心中突然涌出连篇的疑问：是谁在滚滚的江水中第一次看见明亮的月光？他心中该会有怎样的惊讶和喜悦？可曾想过给这尤物取一个美好的名字？月亮它又是何时第一次照见江上的行人？它是否会对这个小小的生命感到好奇，是否会调皮地捉弄人的影子？

人就像是土地上蔓延的野草，年年岁岁生生不息，从第一个看见月亮的人到如今，不知已经过了多少个轮回，日月却始终一如既往、不曾有任何的改变。就连这江水也是不知疲累地不断流淌，就连这桃花也是谢了又开，好像这世上的一切都在漫长的循环往复中长久存在，时间独独带走了人的生命。所以我们才会对生死得失生出无限的惆怅，恨不能让时间停住，恨不能让生命延长。

可是谁又知道这静默的月亮见过多少生命的流逝？第一个看见月亮的人，第一个在月下流泪的人，第一个对着它吟诗起舞的人，第一对在月下分别的人……他们早就在岁月的流淌里尘归尘、土归土，不存在于月亮的记忆里。

这奔腾不息的江水何尝不是见惯了送别与离愁？它滚滚东流的时候，带走了多少父母的孩子、多少少女的情人。它拍打江岸和码头，催促着每一个将要远行漂泊的人。它实在太过宽广，根本就分辨不出美酒和眼泪的味道。

月升月落，潮涨潮息，一切都是毫无温度的重复，只有我们自己停留在自己的离愁别绪里。

当顺流而下，远离这熟悉的土地和人群，远离昨夜的落花与明月，突然从这一刻起，他就开始陷入了回忆和思念里。

月光会伴随他一路前行，月光也会停留在邻家姑娘的窗台上，不知她思念心上人时又会是哪般模样？会不会厌倦了梳妆，整日倚在绣楼上把江面归舟来望？会不会相思泪下，打湿曾经写给她的情诗？会不会看着窗外纷繁的落英，为把最好的年华耗在等待上而暗自神伤？

月色可不可以再温柔一点，帮忙抚慰姑娘的心伤？春风可不可以再柔和一点，轻轻拂去她耳畔的泪珠？江水可不可以再和缓一点，慢慢哄她入梦？

要知道远行人何尝不是在月光下深深地把她思念，何尝不是日日夜夜梦想回到她的身旁？想象着她因失神被绣花针扎到手指，想象着她对镜梳妆却黯然神伤，想象她一次次翘首期盼游人归来……心中的思念就会越来越浓重。恨不能此刻便生出双翼来，在明月光里，飞回到伊人的身旁。在她耳边讲述远行日子里的每一次日落与月升，讲那日行船时路过的小村庄、一朵兀自盛开在山腰的桃花、一对翩跹没入菜花的蝴蝶，讲每一日的想念和期盼。

可是这无情的江水，只知道载着人去往越来越远的地方。

这冰冷的月亮，早就不知见了多少次的伤心离别，它照常圆缺变换，从来就不为谁停留。

让人如此困扰的离愁，从来都只是世上再平常不过的一件小事，从来都只是人生中再正常不过的状态。

我们从出生起便在聚散离合的圈子里来来去去，不曾停歇。

童年时最喜欢的玩具、赶集时买来的小小泥人、母亲亲手缝制的玩偶，终有一日我们对它们不再感到惊喜，这些东西早就记不清在哪个箱笼里落满了灰尘。这何尝不是一种离别，告别那些无忧无虑的日子，告别它们曾经的陪伴。

少年时最亲近的伙伴，一起在刚刚没过脚踝的溪水里围捕一条小鱼儿、一起在瓜田里鬼鬼祟祟偷吃、一起爬上大树梢晃荡着脚丫看蓝天白云，后来各自成长，散落天涯，慢慢就失去了最后的联系，只是在偶尔想起的时候，会默默地期盼彼此安好。

再后来就是挚友、家人以及爱人之间的离别，关系越是亲密越是让人心有伤感。为了更好的前程，或者仅仅是为了生存，总有一天要去远行。车马缓缓，书信难托，深刻的想念往往折磨得人彻夜难以入眠。这样才会在归来的时候，格外懂得珍惜和陪伴的含义。

生离本就惹人伤悲，更何况死别呢？生离别尚可盼望着归来，盼望着团圆，再不济也是生活在同一轮明月下，可以看见同样的天空，可以求得心灵上的安慰。死别却是一切希望的断绝，天人永隔一直都是最深沉的悲哀。

或是自己熟悉的长辈，或是交心的朋友，或是最最亲近的父母、妻子，数月前还生活在一起，能听见他的声音、看见他的眼神，数月后人已变成了黄土一抔，甚至坟墓上都已经生出野草来。再多的怀念、再多的倾诉也不可能得到回复了，一个人彻彻底底在世界上消失了，可能是化作风，可能是融为土地，都是再也不可能与之交流情感的东西。

所谓离别带来的忧愁、重逢带来的喜悦不过都是人心上吹起的波澜而已。你看重哀愁，悲伤就会越来越浓烈；你看重喜悦，团圆就会越来越欢欣。若是你看淡了聚散，它也就只不过是生活的常态而已，就像一阵风从房前刮到屋后，就像一片叶子从树梢落到泥里，原本就是再正常不过的事情。

毕竟在明月的眼中，我们不过是微小到极致的尘土，聚散从来就没有区别。毕竟在江水的心里，我们不过是加诸其身的两片浮叶，眼泪和美酒从来都和水滴无异。

天本无情，庸人何须自扰之！

第四节　曾经沧海难为水，除却巫山不是云

自分别后，本就魂牵梦萦不曾有一日相忘怀。

况如今，院中海棠又繁花满树、被春风吹红了脸庞，红花依旧是旧日模样，灿烂柔靡一如烟霞沉落。他却只能独自一人立于檐下，冷眼看着花间叶丛中蜂飞蝶舞的热闹。自卿别去，世间所有的喧嚣都是别人的盛宴，他心如死灰，唯拥有无尽的清寂，恨不能化蝶与佳人同归去。

他只觉得春光幽冷，只觉得花香沉闷，只觉得蜂蝶嘈杂不休着实恼人，以至于竟被满园春色生生逼回房中。铜镜妆台前久无伊人入座，竟然不知不觉间蒙上了灰尘，暗黑、消极何尝不沉重地笼罩在他的心上。

犹记得去年今日此门中，春天刚刚顺着柳梢头爬进小院，一整个冬天冷得几乎要渗出水来的海棠树终于苏醒，枝头上渐渐显现出微粉的小花苞来，甚是娇嫩可爱。妻子爱花，尤其喜欢海棠，为了早日催得花开，他更是亲手在廊柱上挂起了灯笼，夜夜红烛高照。那日清晨醒来，推窗的一瞬间就看见了枝头娇俏的海棠姑娘，许是对这世间的一切都感到新奇，所以才会兀自涨红了脸颊吧。

他怀着期待与欣喜精心挑选了含苞待放的一枝，藏在身后回到房中，佳人正在铜镜前整理梳妆，简单的环钗却衬得她发丝光亮如锻面，

他温柔地将海棠花簪在她鬓间。伊人娇嗔惊喜浮面，脸颊好似有一朵春花悄然绽放，绯红含情，让人再也挪不开眼睛。

彼时郎情妾意岁月静好，直让人觉得无尽沉醉与逍遥，至今房前、屋内一切摆设装饰如旧，恍惚之间总是难辨今夕何夕。似乎镜中偶尔还可窥见她簪花的模样，似乎身上衣衫还带着她一针一线缝制的温度，似乎这美好的情感就发生在昨天一样……

那是贞元十八年冬天，他为了心中对功名的牵念，告别蒲州，一路西行重返长安参加吏部科试。次年春书判拔萃科，被授予秘书省校书郎的官职。他终于踏进了心心念念的朝堂，终于朝着自己的人生理想迈出了一大步。当他受到身居高位的太子少保韦夏卿的赏识而出入韦家府苑时，整个人从内到外都焕发着熠熠神采，因为前途光明、因为知遇伯乐，因为少年不知愁滋味。她是大家千金花容月貌、他是精进少年才华横溢，一旦相遇自然难免惺惺相惜、暗生情愫。

才子佳人自古就是良配，不管在戏曲小说中还是在真实的生活里，人们都愿意去相信美好的爱情。

他在满室摇曳的红烛中走向自己的新娘，只觉得心神荡漾，心柔软到了最极致的程度。从来都只在诗文故事里听说过洞房花烛，如今自己身在其中，才知道所有语言文字的形容都是空白乏力。他像是在小心翼翼地靠近一朵含苞待放的桃花，像是在走近一片朦胧无瑕的月色，像是在拥抱一片江南柔美的烟雨春色，世间一切美好的话都不足以形容此时此刻、此情此景。

因为拥有了如此娇妻、如此美满的婚姻家庭，所以少年突然就觉得自己有责任去给予爱情最丰富的滋养，于是也就感到肩上的担子更加沉重，对名利的渴望同样达到了顶峰。天意却偏偏捉弄人，他越是急迫、越是锋芒毕露，仕途就越是坎坷难行、越是受尽排挤。

韦丛嫁给他之后的生活，总结起来不过就是陪着他一路被贬黜，从一个地方漂泊到另一个地方，从一种清贫状态到另一种更加清贫的状态而已。他跌在生活的最底处，因为理想受挫、仕途受阻而借酒消愁，却往往连酒钱都难以支付，偶尔无赖围着妻子要酒，她总是会用宠溺的神情看他，就像是在看一个偶尔走错路不知归途的小孩子一样，然后用自己的嫁妆为他换酒，从来都不曾有过只言片语的抱怨。

贫贱夫妻百事哀，当一粥一饭都成了难题的时候，又怎么可能会有闲情逸致对弈夜话？衣食住行尚且需要烦忧，又如何情意绵绵？他长久地生活在愤懑、绝望乃至颓废的情绪状态里，就像是一个溺水的人，不知何处是岸。

原以为自幼锦衣玉食的妻子一定比他更不堪忍受贫苦的生活，自己幼年丧父，跟随母亲寄居在外祖家，早就见惯了疾苦，她却是十指纤纤、不知饥寒为何物的深闺淑女，他接连贬官难免忧惧妻子的怨怼，深恐佳人颦蹙。却不料在困顿之中娇柔的美人反而成了自己的依靠，苦涩的野菜、粗糙的饮食她甘之如饴，很快学会了苦心经营，以至于连扫落叶枯枝充作柴禾的事情都很快学会。她把简单的生活打理得井井有条。她的温柔大度成了支撑自己渡过难关的精神支柱。

只是谁又能说不是艰难的生活将她折磨至病，过早地耗尽了她的心神，夺去了她年轻的生命呢？

物是人非总是叫人格外容易感伤，生离别尚且悲戚惹人相思情愁，更何况是生死殊途、天人永隔？近来他的生活境况稍稍好转，心却始终沉湎在凄苦之中难以自拔，纵使他今日官居高位、能够坐拥天下珍宝，那又如何呢？那个能够陪自己看风景的人已经死去了，千万种风情，又该与何人言说？左不过，是酿成一丝离愁罢了。

曾经见过沧海浩瀚无垠的情景，粼粼波光随着流水一路奔腾入海，声势浩大到仿佛有着改变一切的力量，仿佛能见山移山、见水吞水，将天地万物尽数囊括在自己的怀抱之中。彼时只觉人渺茫如一粒沙子，浑身上下每一寸肌肤，都在雷鸣奔马一般的波涛中被荡涤干净，整个人通透澄澈得像水一样。见过汪洋大海之后，再看河流湖泊总觉得少了些壮阔，难以激荡起自己的心神。

也曾在四五月的时节里看过巫山游云，真像是林木精气变化而成的仙子，上入苍穹，下潜深渊，在劲松苍竹之间来来去去，姿态飘逸脱尘。他看着游云在风中倏忽变作妖娆的女子、倏忽变作参天的楼阁，转眼散去如丝如缕，转眼又集聚如堆雪、如白玉。他只觉得再高妙的画师都不可能临摹出巫山游云的灵动，再娇媚的舞者都不可能演绎出其出神入化的姿态。尽兴巫山，再看别处云雾，或是沉重滞碍，或是死板无趣，总是会觉得有所欠缺。

而如今，佳人离去，只觉得世间所有的一切都黯然失色，再也难以打动人心怀。因为曾经有那样一个女子，温柔大度、端淑得宜，她在最恰当的时机里成为了他的妻子，却在美好的年纪里突然离去，这一丝遗恨总会常常折磨人心，令人不可能将这份情意忘怀。他自己也不记得是第几次将离思写成诗文，只觉得每一次都会感觉笔尖的惆怅又深沉了一些：

离思．其四

元稹

曾经沧海难为水，
除却巫山不是云。
取次花丛懒回顾，
半缘修道半缘君。

搁笔时屋外已经是寂寂清夜，自佳人走后，无人可共黄昏，无人问君衣食可温。

喧闹了一整日的蜂蝶早已飞走，就连怒放的海棠都收起裙裳静静眠去。他觉得心神稍定，无意去看月下海棠是怎样的清美娇艳，只觉得这满地的落花甚是叫人痛惜。海棠花期很短，一年中不过只有数十日的灿烂，其余时间尽是寂静、尽是沉默，若是不幸逢风雨，更是会在刚刚开放的时候就因风吹雨打飘零去。花朵开落原本就是无法回头的事情，想要再次赏花就只能等待下一个春日了。

人与花的缘分正是如此，遇见了，便爽朗赠你满目满心的烂漫，错过了，却是没有任何办法可以弥补。纵使年年花开依旧，却始终不会再有今日这一朵了。

此刻他悄然沉思，心中满是愁苦，又怎知将来会不会有某一天又欢欣雀跃因花而歌而舞呢？到那时候，他会依旧是孤单一人吗？

人与人之间的缘分更是清浅，比花开花落更难把握。今日路过何处、歇于何方、遇到怎样的人、发生怎样的故事，全都是一个个偶然组成的，选择陆路或是水路、在时间岁月里选择今日或者明日、在曲经拐角处选择向西还是向东，都会导致遇到不同的人和事。

所以，聚散无常似乎才是常态。分分合合无所休止似乎才是自然之道。

一段缘分离去就像是花瓣从枝头落下一样，原本就是不可逆转的事情，永远没有办法把已经凋谢的花送回枝头，永远没有办法把已经离去的人扯回告别之前的时光，无法改变的事情，何必苦苦纠缠。

若是在今日的离思愁苦中无法前行，又怎么可能在不一样的风景里遇到全新的人和事？

若是拘泥于往日的回忆里惶惶不可终日，又怎会知道天地间有没有比沧海水更壮阔、比巫山云更灵美的存在呢?

怀念，然后在怀念中继续前行，方才不辜负离别的意义。

第七章

寻·本真·万籁此俱寂

第一节　尽日寻春不见春，芒鞋踏遍陇头云

夜半时分，忽然在似梦似醒间嗅到了一丝幽微的花香。虽然这香味很轻很淡，却还是格外让人心动沉醉，于是有心寻春之人打算根据这香气去把已经迟到很久的春色一一翻找出来。

今岁本来早已过了立春时节，顽固的风雪却久久停留，霸占着天地万物，前两日刚降的雪还未开始消融，今日晨起竟又是重云堆砌、冷风四起，入目尽是冰霜凄寒、草木萧条，根本就是隆冬残景，丝毫没有泄露出春光。

然而那夜里花香并不像是梦境，反正近日以来心情也如天气一般阴冷沉重，不如借着这个由头出门走走。若能有所收获，岂不是意外惊喜？

路上人烟寂寥，仅有的行人也都是包裹得严严实实快步往家中归去，独有他一人反向而行，向那空荡清冷的山野中行去。守城的兵卒听说他要出城寻春，脸上顿时流露出诧异不解的神情，根本就不能理解。而他兴趣正浓，反倒觉得那在寒风中冻得发红的脸颊，远望倒是有点像春日红花，有一丝暖意。

在山路中曲折前行，良久之后从高处回望，整个城郭都像是被风雪冻住了一般，家家户户门窗紧闭，宽阔的街道上只有他一人的脚印留存，甚至安静到任何细微的声音都没有，仿佛就连声响都被积雪吸

收埋藏了。河水上厚重冰层能承受起一个十岁小儿的重量，自然也就无法从中窥得冰雪消融的征兆。

原以为深入山林会有不一样的发现，原以为春的气息是从郊野山水中逐渐降临到城郭人家，不曾想在无垠的皑皑白雪中更是一无所获。反倒是空寂的山野更少有行人，所以残冰新雪层层堆积比城中还要厚重，残冬的意味也就更是浓稠。

松柏未凋，却也被绵密的大雪完全覆盖，辨不出苍翠的颜色来；绝大多数的树木则都停留在落叶尽去的光景中，枝干光秃曲折伫立在旷野中，更是给早春添一缕阴森之意。道路两旁隐隐从白雪中探出头来的衰草，已经是一派枯黄凄迷的模样，并没有任何生机勃发的意味。视线所能够到达的范围之内，全是冰雕玉砌，全是晃眼的白色，直叫人心灰意冷，一丝寻春的念头，也早已冻僵掉了。

至归来，才自嘲，笑自己竟会被梦中的花香勾引，分不清虚实真假。苦苦把一日的时光耗费在冰天雪地中，山水迢迢，唯一的收获便只有湿透的鞋袜、冻僵的躯干。围着火炉煮茶的时候，不免在心中抱怨天意弄人，不知这连绵的风雪究竟什么时候才能意识到冬日应该远去了，不知这样阴冷的感觉究竟还要在心底停留多久，何时才能够被烈日驱散？

然而当酒香渐渐在清冷的夜里散尽，当皑皑白雪反射出幽微光芒渐渐从窗外踱到床前，他又感觉到那股子清淡好闻的花香随着凉风来到了他身旁。此刻尚未眠去，自然不可能是在梦中，而这花香清冽，在寂寂长夜里格外明显，他才终于可以确认昨日自己并不是在梦里，今日的寻春也并非是无稽之谈。

这缭绕的清香虽然微弱却很真切，想来应该就在不远的地方，于是披衣坐起、持灯夜游，黑暗遮住了人的眼睛，同时也使得其他的观感变得更加敏锐。他完全靠着嗅觉的牵引，一路行至后院古井旁，空气中细微的香气在此处格外浓烈一些，想来其源头应该就在附近了。

直到举着灯笼靠近梅林，才终于发现了这个让自己魂牵梦萦、遍寻无果的味道竟然就在此处——在自家院落里。烛火下才看见黝黑的枝头上已经有了好多鼓胀的花苞，那股子清冽悠然的香气就是被风从花蕾中偷出来的，说不定正是为了扰乱他的心，才曲曲绕绕送至他窗前。

想到白日里自己踏雪而行的狼狈，不禁觉得好笑，原本尽在咫尺的春意，却偏偏要到万水千山之外去寻觅，既没有发现美的眼睛，也没有抓住春的幸运，所以才会白白蹉跎一日的时光，才会凭空生出这么多惆怅和失意。

世间本无事，庸人自扰之。

他折下今春第一枝梅花，乘兴而归，回到屋里明亮的灯火下，才确凿看见树枝上已经微微透露出粉色的花骨朵，有点像是美人隔扇面——只能隐隐窥见一点脂粉红妆罢了。很奇妙，只不过是一枝梅而已，不多会儿，整个房间却都已经被清幽的气息所占据了，气味总是无孔不入。想来用不了多久，便能在院中尽赏红梅，若是残留白雪，则更是会别具风味吧。

人的心情真可谓是这世上最善变的东西了，前一刻还在怨怼这白雪停留太久延迟了春天，这一刻却又在暗暗期盼它不要太快融化，免得错过梅花。白天还在为败兴而归而失意怅惘，夜里却因一枝梅而欣喜若狂。这一悲一喜之间，心中思绪已经走过了万水千山。

今夜他因邂逅一片春光而欢欣难眠，脑海中早就已经想象出了白雪红梅的胜景，早已想象到继梅花之后即将轰轰烈烈绽放的百花，早已暗自把千万种风情都任性把玩个遍。这小小的四面墙壁，又如何容得下此刻他无拘无束的思绪？

兴之所至，自然免不了泼墨成诗：

嗅梅

无尽藏

尽日寻春不见春，
芒鞋踏遍陇头云。
归来笑拈梅花嗅，
春在枝头已十分。

等到心中的欢喜渐渐冷静下来，他才能够在静夜里思考一些更透彻的道理。

今日他一路寻遍城郭郊野所不得的春色，其实一直就静静地存在于自家的院落中，不曾有片刻的转移。而人生中多少艰难困苦的求索何尝不是如此，耗尽了心血和时光之后，才惊觉那些苦苦追寻的不过是在一回首的距离、不过是自己身边最寻常最真实的东西。

就好像在他这个外人的眼中，从古至今那些文人学子的生命历程、心路历程往往都是惊人的相似。先是寒窗苦读，在儒家经典的熏陶之下很自然地就会把入仕看作是自己最大的人生追求，然后或是屡屡落榜，在尚未进入仕途的时候便已经心力消沉，转而到佛道之中去寻求不一样的人生道义。又或是一时功成名就最终进入了朝政庙堂，便一心以为自己就是悬壶济世的圣人，拥有彻底拔除一切黑暗腐朽的力量，然后革新、讽谏，在顽固腐败的官场中撞得头破血流，贬谪、入狱乃至罢官，渐渐冷却了一腔热血，以至于对官场功名感到绝望，想要归隐山野。

而所谓的隐逸，其实不过就是回到生命最初的状态，人最本真的生命需求原本就是衣食温饱而已，原本在山水之中便能得到完全的满足。只是后来人的欲望越来越大，想要更加精美奢华的衣物、更加宽敞的住所、更加长久显赫的声名地位，于是超出了自然所能给予的范围，遂而转向市集庙堂，自顾自去经营、去哄抢乃至战斗。只有在历经了艰险失败之后，才会感受到身心的疲惫，才会开始思考人生的意义和需求究竟是什么，最终才会懂得将多余虚浮的欲望割舍，回归本源，隐于山野，然后明了一个人实际所需求的东西只有这么多，无须更多。

这样的人生和心灵历程，和他遍访城郊最终在出发的地方寻到春的痕迹，原本就没有实质性的差别。都是万水千山看尽、红尘繁华历尽，才知晓自己所寻觅的东西就在原地，一直都是心灵深处。

而今日的历程，对他来说也是一场修行，正是在向自己指明修佛所应该前往的方向，自己所追求的真意、所希冀了悟的禅理，并不是一定要到嘈杂繁复的花花世界中去寻找，而是需要不假外物地去探寻自己的内心。

只有真真正正修得自己内心的纯澈宁静，才有可能在变化无常的世界始终应对自如、始终自在淡泊。就像此次寻春一样，他最需要的不过是去发现自己内心深处的幽香，然后将这心中的美好放大，以此而观世界。若能有所获，便是了悟，便是超脱。

思路通透之后，自然无忧无惧、安然眠去。今夜必当会有一个繁花争艳的美梦……

第二节　芳树无人花自落，春山一路鸟空啼

暮春原本就是芳草萋萋的时候，林木经过一整个春天的生长总是格外茂盛葱郁，所以连日来在行路途中所见，尽是幽然春草、乱花云集，世间万物似乎正在以其蓬勃的生机将曾经乱离的痕迹尽数遮掩。这原就是天地惯用的手段，好像是认为等到草木遮挡住了断壁残垣，人记忆里的战争痛苦也就会随之被抹去。

这一日正在郊野里赶路，莫明就觉得脚下的小径越来越窄，荒草越来越盛，似乎用不了多久荒草就会把仅剩的小路也吞没。观野草的形势，则像是河水经过山口东流入海一般，原本纤弱幽咽的姿态，转瞬间就变成了汪洋浩瀚的壮观局面。小径隐没于连天的芳草之中，草色青青摇晃，如涌动的绿波，他顺着春草蔓延的方向望去，才发现自己居然已经置身于宜阳城下。

连昌宫，曾是整个大唐王朝最热闹壮大的行宫之一。

它选址在洛河、昌水相交汇的宽阔洲地，坐拥浩淼烟波。西有汉山云刹，南有秀美女儿，北有苍茫凤翼。群山耸峙，有如一道天然厚重的墨绿屏风，将连绵秀美的行宫静静环绕在其中。山清水秀，更兼有林木俊秀，此地远近村落庄寨都遍植桑竹，如千万根挺立的翠玉，将亭台楼阁、雕梁画栋全都浸染成悠然闲适的淡绿色，与金碧辉煌的长安宫殿相比，又别有一番风味。

所以才会屡屡受到当代统治者的青睐。为了方便自己消夏出游，帝王更是耗费大量的财力物力在此处兴建庭院楼阁。每当帝妃出行，此处便是一片珠翠声乐的胜景。

随行的宫娥往往着颜色鲜亮的裙裾，在山间长廊上或摘花或烹茶或翩跹起舞，就好似有无尽春花在行宫里自由飘荡一般。若是碰上夜间宴饮，则更是千里回廊尽数挂上明亮的灯笼，无数的烛火汇聚成一片光影的海洋，熠熠生辉，好似天上星辰尽数吹落在此处，好似神话里的龙宫从洛河中浮现，并在此停留。丝竹之声更是虚幻缥缈，余音绕梁三日而不绝。如此辉煌的景象自然与平日里山水的风光迥异，不过却都有独特的兴趣在其中，所以总是惹得文人墨客在此逗留，为它写下了无数称赞文字。

他本就是在诗文传诵中结识了宜阳城，自然对它的印象都是繁华喧嚣，却没有想到自己是在这样的境地里来到这个地方。脚下放肆蔓延的荒草地应该就是曾经宽阔可跑马的康庄大道，春花繁盛的好时节，这里定是布满了车辙，停满了华丽的马车；游人络绎不绝的时候，路上尽是灰尘。路旁草木生怕稍有伸展便遭到摧残，因此就连姿态也是瑟缩，又怎么可能像如今这样放肆大胆地将整个山都淹没？

他心中顿时生出无尽的荒凉意味来，虽说安、史乱贼引起的动乱已经被镇压平息，一路行来所见的村庄城池却都还是沉陷在灾乱荒芜之中，深受重创，很难在短时间恢复。本就一路行一路愁苦，如今见到这样荒无人烟的连昌行宫，更是心有戚戚然。

河水始终以一样的节奏拍打山石堤岸，仿佛正是在应和他上山的脚步以及他心中的感叹。

听闻帝王曾在此处大修水利，为了方便灌溉苑中的奇花异草以及周边的农田桑麻，生生叫向西流动的河水在此回旋，改道东流。然而他此刻所见到的便只有干涸的渠道、荒废的水车，还有肆意回归自己方向的西流水。很多事情原就是无法强求的，哪怕可以暂时让江河偏离自己的航向，哪怕可以暂时清除草木大修宫殿高台，却也终究是暂时而已，一旦脱离人力的束缚，万事万物很快就会重返自然原始的状态。

有时候，甚至连一点一滴人的痕迹都不会留下。

这一路行来才发现大半楼台都已经在战乱中被毁去了，剩下的房屋建筑也早已被流民搬得空空荡荡，所谓精巧绝伦的建筑早就无法窥得原貌，只能通过残存的半扇雕窗、一段朱檐、一处回廊来想象曾经的盛况。想象倒在草丛中的铜烛台是不是曾经燃过彻夜的明烛，直把黑夜照得如同白昼；想象脚下平整的石板是不是曾经贵妃起舞时所旋转的那一块，她脚上的珠玉是否随着舞步在石板上敲出清脆的音节？

常言道草木无情，如今他终于有了深刻真切的体会。

现如今空寂的行宫里唯一残存的热闹便是这满树繁花，不知曾经耗费了多少精力心思才将各处的奇花异草尽数收集到此处，以至于帝妃在一年四季里，都有看不完的景致。现在虽没有赏花人，花却照旧开落。

他久久地停留在一棵不知名的树下，艳丽的宝石红色花朵就在头顶云集，然后在风里零落，以至于灿烂明媚的落英浩浩荡荡铺满了大半条山路，说不定正因为无人打扰，才会有眼前的胜景。他看着四周蓬勃昂扬的林木、芳草，只觉得生机勃勃的感觉扑面而来，丝毫没有对游人散尽、高楼倾颓的惋惜之意。反而好像正是因为没有人指点、没有人修剪，所有的花草才能够更肆意地舒展蔓延，以至于它们竟有隐隐的欢喜之情。

群山看似空寂，实则有着无关人事的热闹，不信且听那飞鸟的高歌，一路竟是没有丝毫的止歇，或是婉转清啼，或是长啸高歌，或是群鸟相和，让人不禁猜想深林中它们是不是正在举行什么盛大的宴会。他多想前去赴宴，说不定自然的热闹能够帮助他驱赶走心底的悲愁杂念，说不定能够成就意趣更妙的诗文，不只是像这样单薄的寄兴：

春行即兴

李华

宜阳城下草萋萋，
涧水东流复向西。
芳树无人花自落，
春山一路鸟空啼。

他行走在苍茫山水之中，只觉得青山无限大、碧空无限高，前路也是无穷宽广，身后的连昌宫在山水中其实远没有那么壮阔，而行走的自己则更是渺小到无法观量，又何况是心中陡然而起的情绪，本就是虚无，本就是微小。

草木无情，正是因为不管人世经历了多大的动乱，它们都年复一年地生长、怒放，其昂扬的生命力落在心有黍离之悲的人眼中，自然只会觉得冷漠无心。就像在分别的时候看见圆月、在孤独的时候看见双飞燕一样，因为人心荒芜，所以容不下草木繁茂。

然而这样的情感实在是狭隘幽涩、庸人自扰。

殊不知那些生生不息的草木、千古长存的山水，在自己的生命里见过多少次人与人的离别聚散，又历经了多少家与国的兴衰代替。说不定在草木的感受中，这些离合兴替就跟花开花落、叶绿叶枯一样，是再自然不过的事情。如此，也就根本谈不上为之喜悲、为之转变颜色。

反而是人，因为生命短暂、经历不多，所以才会把聚散兴替看成是极为巨大的变故、极其重要的情绪感受，往往将其留在自己的喜悲之中，如身陷囹圄，把自己的心神思维都紧紧束缚住，甚至有时还想要强求世间万物都跟自己有着同样的情感色彩。然而自我无限放大的结果往往就是只能心陷在浮躁嘈杂之中，不得自由、不得解脱。

如若像一颗树一样活着，春来便舒展枝叶，秋去便复归质朴，每一场风雨袭来都尽力去接纳天赐的营养滋润，每一个日月轮转都把自身的生长看作是唯一重要的事情，想来心灵便能够长久地处在宁静祥和之中吧。

花开无喜，花落亦无忧，冷眼看淡人世变迁，如此才得长久。

第三节　千山同一月，万户尽皆春

近来偶得闲暇，便想要将手头上收集的一些残卷文字整理编录，若是能够成为善本流传于后世，使得前人的这些心血不至于失落无考，想来，应该是一件很有意义的雅事。

谁知道真正着手开始补缺的工作，才知晓这原是一件无趣单调的事情：一个人必须要有极大的耐心才可能将模糊的文字一一辨认，然后参考各种版本、各种文献才有可能补上遗失的部分。若是稍有失误污损，一日所抄写誊录的书页就得撕毁重来，实在不是什么轻松容易的事情。以至于后来竟觉得身边的一切——懵懂的小儿、顽皮的猫儿、街头巷尾的议论声和谈笑声都成了自己工作的阻碍。整个人变得越来越浮躁易怒，明明是在繁花盛开的春天，他心中却好像炙烤着七月流火一样的烈日。

为了寻找一方清净的书斋，才最终在友人的推荐下带着笔墨诗书来到这深山古刹。

一路归山则一路清净。出城门过村落，渐渐从盘曲小径上山，天地之间便只有自己一个人的身影，车马声、人语声都逐渐被遗弃在身后，入山后他只觉得不管从哪一个角度望去眼前呈现的都是一幅静谧的山水画。

山里花开正好，任风吹落一地的缤纷，有点儿像是秦淮河上漂浮的胭脂。他觉得这山花开落本就是一件寂静无扰的事情。山间白石垒起，偶尔有两三点激越的流水溅落在上面，然后在幽微的日光下被渐渐烘干，他觉得所谓的安静正是这样和谐的状态，因为浑然一体，因为兀自安宁，所以反而会给人带来心静的感受。

隐在深山中的古刹很小，也没有什么名气，所以才少有闲人前来打扰。前往古刹的山路很大一段都被荆棘藤蔓充塞，前行格外艰难。一直到日暮时分才终于寻到了山门，许是因为没有人前来，老僧才把寺后禅房都充作了柴房杂室。因为他的到来，寺中唯一一个年轻的僧人拾掇了好久，才终于打扫出一间禅房。

他已经许久没有见过如此干净澄澈的月色了。居住在城中的时候，夜里总会有灯火黯淡了月光，也根本没有闲暇来好好观赏夜空玉盘。可能也是因为寺庙依山建在高处的缘故，感觉月亮就挂在寺后古松上，星子更是静静镶嵌在触手可及的地方。身在庭院，总是抑制不住想要攀上屋顶古树的欲望，忍不住想要亲自验证是否到了手可摘星辰的地步。

后来在静夜中翻来覆去难以入眠，只觉得从窗外照到床前的这片月光着实清媚诱人，于是索性从床上坐起，索性披长衫出寺门，借着明亮的月色一路攀登到了山巅最高处。从这里望下去才知道寺庙前对山后临河，的确是个位置绝佳的居处。群山在暗夜里只可见沉重的青色轮廓，流水却截然不同，借着莹白的月光变成了珠玉一般的存在，暗夜中微微透出和润的光泽来，像是银线织就的锦缎从九天之上落下，里面还隐含着星辰。

山石被月光镀上一层清幽的白光，正是天然好眠处，松涛流水自然将心中的杂念都慢慢地荡涤干净，让人神清气爽、心神愉悦，空无一物正好眠。

他在梦里陷入无止境的行走中，从深山古刹一直回到城市街道，更是毫不止歇地到达了众多陌生的地方——或是小桥流水或是大漠边塞，风情各异却共同笼罩在同一片月色之下，目之所及尽是这如水的清幽闲适。好像世间万物都被温柔的月色催眠，独有他这一个梦中人不停穿梭，不知要去往何方，难道只是被月色牵引一路徜徉？

许是梦境太过真实了，他醒来的时候还觉得自己眼前有大幅的画卷在移动，山水不同、人月相共，他好像真的在梦中行走了一夜，看尽了万水千山的月色。

彼时月儿已经静默地躲进了云层，将俯视众生的位置让给正冉冉上升的旭日。如果说月光是温柔闲淡，日光便可谓是灿烂夺目，像是壮志满怀的少年郎，势要把天下每一个角落都照得明媚无忧。

他从山巅往下望，这次看清群山是怎样绝美的风貌。每一座山都有着自己独特的形状，有的像是俏丽挺拔的过路仙人，有的像是工巧绝伦的宫殿楼阁，有的像是张牙舞爪的猛兽，姿态各异。而山色更多的是新生的翠绿，间杂着鲜红、深红、粉红或者雪白、明黄的一丛丛繁花。每一处色彩的搭配都恰到好处，说不定冥冥之中有这样一位别具匠心的仙人，以风为笔、以春雨调色，正在世间自在作画，每一处山水的摆放都是经过精心构思的，自然令人觉得处处是好景、处处是诗情。

万千沟壑更是布满千江清水，江水就像是织就了一个雪白灵动的网，牢牢地将每一座山头都锁在自己的怀抱之中。它们无处不往，肆意将每一处沟壑充盈，将每一个山的缺口占据，就着这山的形势构成幽咽的溪涧、奔腾的河流、深藏的碧潭。原本略显沉闷生硬的山景正是被水装点得更灵动，变得更鲜活，变得更明媚。

而自己落脚的古刹似乎正处在这群山的正中心，一圈山水隔断红尘的喧嚣，所以它自然是万般寂静的归处。他一路庆幸，一路回味，想来日后的写作编书都会在宁静之中顺利展开了吧。

山间小住数十日，伴着晨钟暮鼓，那些枯燥单调的书卷都变得格外乖巧，原本惹人烦忧的工作真的慢慢转化成了最初设想的雅事。逐渐进入文字的世界，他从中品味出了意兴。他只觉得笔下的文字就像是前几日看见的山间瀑布，奔涌直下，没有丝毫的滞碍停歇。

这一日案头所获颇丰，落笔时天色刚刚归于青重。饭后就在寺中闲逛，才发现前两日落雨形成的水洼此时也倒映着一弯残月，月光依旧是澄澈干净，没有丝毫的改变。于是又记起山巅白石上那个行走不尽的梦来，其中似乎蕴含着某种深意、某种当时被忽略的东西。

梦中行遍万水千山，山水形势不一，却共有如水的月色。今日他在寺中积水里见月，想来别人在别处，同样可以看见这弯月，即便是环境、心情都截然不同，所见的月亮在本质上来说却是同一个。

如今时节春色何尝不是如此？以同样的生机、同样的和煦深入到千家万户之中，也许在此处是山花，在别处是垂柳，抑或有些人家只有一抹春草萋萋。然而春的意味终究是一样的，它想要传递给每个人的生命和活力都是一样的，没有偏颇，没有差异。

近日借宿山寺，也曾静听老僧宣讲佛法，发现其总是会把佛性比作明月，此刻想到这一层，他才算了悟到其中的因缘真味。

月如佛性，千江则是芸芸众生，不管水势浩荡还是幽微，月出时总能反射出清幽的银光来。人生在世，不管地位身份的差别，有心便有佛性，有心便有可能领悟世间真味。佛学广阔如长空，若是能够拂去心上如云丝般堆积的欲念杂尘，便可以在向佛之路上修得彻悟。

正如千江水都可以见月、千家万户都可以见春色一样，佛性道义原本就无处不在，俗人与高僧的区别从来都只在内心是否宽广、是否纯澈。佛家普度众生，从来都不会拒绝任何生命向其靠近，它就像一位睿智和蔼的老翁，心怀苍生万物，仪态闲适得宜，只等行人如流水归海一般向其走近，好把世间道理慢慢讲述给来人。

在月下以水写诗，一丝禅味却是永久印刻在心间，不会消退：

嘉泰普灯录卷十八

雷庵正受

千山同一月，

万户尽皆春。

千江有水千江月，

万里无云万里天。

第四节　此中有真意，欲辨已忘言

这是归隐后第几个年头，他早已记不清楚了，掐指算来，在山野之间也收获了十数次新麦了吧。

从窗外望去，今年篱笆旁的秋菊似乎开得格外灿烂一些，随风摇曳时颇有些像夏夜里璀璨的群星。书案上的墨汁未干，终日却不曾写成一字，都怪这瓮中琼浆，在屋后梨花树下埋了一整个春秋，清香扑鼻，甜丝丝入喉，竟让人产生了置身于缤纷落英下的幻觉，酒不醉人人自醉啊。

罢了，雨后初晴，农事渐歇，反正又披上了长衫，索性去采几朵菊花煮茶，不然就要错过花期了。

连日的阴雨渗进腐朽的柴门，竟生出碧色的青苔来，枯木若能凭此逢春，也算幸事。

邻翁在门口修整农具，小孙儿傍在他膝下玩耍。门口的水洼倒映着祖孙俩的身影，一个白发高寿、一个黄发垂髫，说不出来的温馨与和谐。世人皆道人间最美好的就是天伦之乐，看来的确是这样。相处已久，他们熟悉得就像是一家人，咿呀学语的小儿模仿着祖父的腔调跟他打招呼，胖胖的小手还不忘做出斟酒的动作，真叫人忍俊不禁。

世人皆知他陶渊明嗜酒如命，有酒则来，尽兴而去，却鲜有人知道美酒正是他创作的墨水，清酒入口，文章出手。他的每一个字、每一首诗都带着浓郁的酒香。酒，正是天赐给陶渊明的伴侣。

想当初，也曾年少轻狂，身体中涌动的热血时时让他踌躇满志、意气昂扬，哪里又会需要这杯中物来排忧解愁？

他出生世家，曾祖父陶侃曾是东晋的大将军，立国时立家，何等的风光荣耀。祖父曾官至太守，外祖父孟嘉更是晋代名士；其父虽然“寄迹风云”，却也是在祖辈的荫庇之下安稳地过日子。奈何春秋代序、贫富推移，陶渊明出生时陶家已经日渐败落，年幼丧父更是令他的家庭陷入了极度的清贫。正因如此，他的博学才尤为难得，他的苦读才格外令人钦佩。

自幼便熟读儒家经典，他自然也就继承了孔孟贤人“修身齐家治国平天下”的人生追求，谁人年少不轻狂，更何况他本就有着恃才傲物的资本。初生牛犊，本以为自己的仕途会是康庄大道，谁知在这个门第为重的社会里，根本就没有人去考究你的才华。他进入官场似乎很容易，然而，从江州祭酒到镇军参军，安排给他的所有官职都偏向于武职，说到底，不过是吃着祖辈的“余粮”而已。

把一个满腹经纶的书生放在参军的位置上，其中的不合理无须赘述，想也知道最后的结果不过是碌碌无为、年华虚度。他一次次受到质疑，也一次次怀疑自己，他渐渐看到了理想背后如山岳般沉重而黑暗的现实，在出仕与归隐之间来来去去，志向不得舒展，才情无人赏识，烦闷与压抑满满填塞在心中，无法排解。

就是在那段时间里，他爱上了饮酒。醉到昏天黑地的时候，似乎就能够说服自己抛弃文人的骄傲，在这浑浊腐朽的官场同流合污。所以即便是心灵的天平倾向于山野田园，他还是再一次回归官场，出任彭泽令，并美其名曰为了换取美酒一瓮。

在彭泽的几个月，的确是清闲得日日饮酒，若不是那一天的到来，他或许就会在繁杂的俗世间长醉不醒了吧。

记忆中也是一个秋天，只不过县衙中的菊花稀稀疏疏，哪里比得上眼前的菊花灿若星辰珠玉。他不记得自己伏在书案上饮了几杯，只觉得眼前胡言乱语的小吏定是偷偷喝酒了，不然为何他急匆匆进来，满脸急色却说一些无理至极的话。来来来，正愁独饮无聊，共饮一杯，可否？

推攘间摔了手中杯盏，落地有声，他才陡然间清醒过来。小吏还在喋喋不休，满脸的慌乱和惊恐那么真实，仿佛不觉得自己口中的话有多么荒唐："郡遣督邮至，大人您应着官服、束带，备礼恭迎之。"

满腹的圣贤书自然养出来一身傲骨，陶渊明，上可拜天地，远可拜君主，近则拜父母。狗仗人势的督邮，平日里就只会鱼肉百姓，横行乡里，他本就以无法惩处此般败类为耻，如何能束带下拜、备礼恭候？如何能够为了五斗米折腰？

怎么说也在官场沉浮了数十年，不仅没有擢升，反而还要下拜。他突然觉得悲从心生，觉得这大好的年华竟然都被自己蹉跎了，觉得这个黑白颠倒的社会没有希望了。他突然很想回家，想念山里的风、林间的月。

罢罢罢，既然酒杯都已经砸了，索性卸印辞官，归隐田园吧。难不成真要一生无为，独独给天下人留一个笑话？

想来，彭泽一去也有十多年了吧。那是他最后一次出仕，自此以后，便专心做南山下荷锄种豆的农夫，日夜与山川星月、清风鸟鸣为伴。饮酒再也不是排忧解难的发泄，而是把自己目之所及、心之所想酿造成锦绣文章的助力。

就像今日这样，喝够了美酒，兴之所至，便着长衫木屐沿着小路慢慢晃悠。雨后山野间的空气格外清新，有点像刚刚做好的梅子酒，使人神清气爽。沿路盛放的菊花还沾着雨水，像刚出浴的美人。璀璨的明黄色像是散落的碎金，又像是水面粼粼的波纹，白菊则像是落雪、像是浮云……配上秋天里日渐多彩的草木，一切美好得仿佛是在画中。

在春耕后泥土的气息里，在夏夜闪烁的星辰下，在秋日丰收的麦场上，在冬季温暖的柴火旁，他总是会庆幸自己做出了此生中最明智的决定——归隐田园。自别去官场俗世，稻香是诗，蛙鸣是画，哪怕干旱、哪怕天灾，也实实在在让人感觉活在自然中，而不是浮在欲望里。

“此心安处是吾乡”。

手中的菊花渐渐握不住了，心中的欢悦满满，都快要溢出了，他忍不住就要乘着风手舞足蹈起来。一抬头，突然发现南山悠然显现在自己眼前，近得好像再有两步就能走到山里去，又似乎远在天边云端。

此时苍山已被秋风尽染，炽热的红，耀眼的金，深深浅浅的绿，每一个颜色都恰到好处，它们搭配成完美的画面，每一个角度都无懈可击。雨后初露的太阳格外澄澈，仿佛要透过浅薄的云层直照进人心中，那浮云也乖巧，细看辨不出它的动静，偶尔又移换了身形，若不是远处有鸟归来，还真让人怀疑时间是不是停止了。

不知是自己一步步走到山面前，还是它默默走到了人眼前，就好像这十数年的时光稍不留神就已经逝去了，难道是因为心甚悠然所以不知岁月的流逝么？的确是这样吧，心安之处，如何不是世外桃源？

倚着柴门远望，日日都可见南山，它苍翠欲滴，像是被水雾洗涤了多次的水墨画，又像是遥不可及的海外仙山。如今竟顺着开满鲜花的小径一步步走到了山跟前，这种说不清、道不明的奇妙之感，有点像是误入仙境的恍惚，似乎只要再走一步，就能乘风直上云端。那里是世外仙境，是古书里记载的无忧无虑的天地，没有欲望，没有名利，人就像一棵古木、一滴雨水般自然融入其中。

竟不知，是真的有这样无喜无悲的世界，还是心神归宁，任凭在何处都是无欲无求？

哽咽了一整天的诗情突然就凝聚成了篇章：

饮酒（其五）

陶渊明

结庐在人境，而无车马喧。
问君何能尔？心远地自偏。
采菊东篱下，悠然见南山。
山气日夕佳，飞鸟相与还。
此中有真意，欲辨已忘言。

所谓的禅，所谓的道，你苦苦追寻的东西，往往就在不经意之间来到你面前，难道不正是如此吗？

不知道是因为想要采菊才一路走到了南山下，还是南山派遣这菊花去迎有缘人。就像说不清人生的际遇是你在某个岔口自己做的选择，还是冥冥之中命运的安排。遇到一朵花、一棵树、一个人，发生一段故事，留在一个地方，究竟是心灵的选择，还是命中注定呢？

不知是心悠悠然才见到傲立的秋菊、秀丽的南山，还是南山悠然、秋菊傲立才让人心生悠然之意。人世间万物的影响本就是相互的吧，谁又能说得清是庄周梦而为蝶，还是蝴蝶梦而成庄周。失去难道不是另一种得到吗？离别难道不是另一场轰轰烈烈相遇的开始吗？谁又能证明死亡不是在另一个时空重新诞生呢？

草木的荣枯，飞鸟的来去，山水的隐现，是因为你的时空、角度乃至心境都在变化，所以同与异原本就存在于人的观念之中吗？若果真如此，一时的贫富，一念的取舍，一世的生死，又该是多么渺茫的东西啊，何必为此苦苦挣扎呢？

顺心而活吧，你终会见到命里的悠然，悟到其中的真味。

第八章

修·禅心·步步可生莲

第一节　溪花与禅意，相对亦忘言

前几日偶然在市集中寻得一本残破诗书，根据依稀可以辨识的文字来推敲年代和风格，竟十分像陶翁某个并不流传于世的集子，其中有好几首诗歌是之前从未见过的，语言文风正是陶翁一如既往的清幽雅致、平淡古朴。爱书之人不禁欣喜若狂，如获至宝。

遇到绝妙好诗自然想跟能够懂诗的人分享交流，所以他携着残书来寻常山道人时，满心都是压抑不住的欢悦，步伐倒比林间小鹿更加轻快灵动。

常山道人是他在此处结识的最为隐逸自由的人之一，住在密林山谷之中，根本无法轻易知遇。那人不仅诗文古朴，且颇有陶翁余风，在生活上更是躬耕南溪，一如陶翁当年南山种豆。想来也必定会比自己更加喜欢这残破诗书，与之交流切磋说不定能够理解自己所看不透的文字深处的含义。

如此思之更是不胜雀跃，满心期待今日的会晤，心中极为激荡澎湃，一如高涨的浪潮，他只觉得四周的寂静根本承受不了自己的情绪，这情绪仿佛随时都有可能肆意倾泻在山野之中，把一切都尽数淹没。

脑海中像是有一根弦紧绷着，就只等到与友人相见的那一刹那全然放松、尽情倾泻。

正是小雨缠绵不休的季节，一路上行来所经过的曲折山径大多长满了深碧色的青苔，有点像是被水润泽后的绿色绸缎铺盖在整个路面上，处处都浸染着深潭一样的莹澈幽微。他看着自己的身影融合在树影里面，若不是一直在向前移动，根本就无法辨别。

偶然间竟在山石青苔上看见了屐履痕迹。这深山中几乎没有像他这样的闲人来访，所以这样尚可辨识的足迹定是道人留下的，不知他行到此处是为了拜访一棵树还是一朵游走的云。然而一路寻来，总归是窥见了点滴印痕，于是乎觉着山人应该就在不远处，于是乎企盼之情更加恳切。

渐闻潺潺流水声，然后拨开交掩的林木，从万山怀抱里跳脱而出，就看见了道人居所门前的流水。近了，友人就在一水之隔的近处。白云朵朵，缭绕水中小渚，淡逸之态倒好像是牛羊归家、倦鸟归巢，想来道人近来定是臻于更高妙的境界，以至于竟然能够圈养游云了。急迫的心情促使他越溪而过，全然不顾暮春的流水还冰凉难耐，也根本就不在乎水打湿了长衫，只想快点把行囊中的残诗与好友分享。

谁知蹚过河滩至其门口才发觉，此处竟是蓬门关闭，碧草当户，根本就没有他苦苦寻访的道人的痕迹。看门前泥泞处只有落花和飞鸿爪印，就已知好友早在上一场阴雨之前便离开此处了。然而心中还是不甘，径直破门而入，将这山间小筑里里外外搜寻了一个遍，丝毫没有人间烟火味，枯木做成的桌椅之上更是积聚了一层薄灰，他才不得不说服自己：寻者不遇。

他本就是个情绪变动甚为激烈的凡夫俗子，此刻巨大的期望更是在一瞬间跌落成无边的失意，满腔亟待抒发的情绪全部郁积在心底，更是叫人觉得烦躁不已，心中似有一把无名野火，就快要把自己点燃引爆。

所以这骤雨来得恰到好处。他完全暴露在雨中的时候，不但不觉得寒冷不适，反而觉得冷雨的冲刷由外而内抑制住了自己激烈的情绪，使得他能够稍稍安定，能够略加思索。

青苔上留下的足迹还算清晰，想来道人也并未远游，就在这万山圈子里，只是不知究竟在哪一座山、哪一棵树下而已。说不定又寻到了一处天然的岩穴，日日与麋鹿为伴，心灵越来越靠近质朴超脱的状态，自然不会像他这样，连自己的情绪都无法收放自如。失落、羞愧、无奈、自嘲，种种情绪在他胸中横冲直撞，搅得人不得安宁。

在悠然恬淡的环境里，他觉得自己急躁肤浅得像是一个异类。

倏忽间雨停云收，远山苍翠的古松被急雨冲刷干净，呈现出别样的意境来，清凉的颜色由目入心，仿佛将人的灵魂都一层层浸染深幽。云聚云散，他觉得急怒的情绪也能自生自灭，转瞬就已逝去，很像这匆匆而过的急雨，原就不是为了长久停留。人生本就短暂，更何况是一时之间的喜怒哀乐。

于是乎追随着心情在山间转悠，偶然有汇聚在枝叶上的雨滴砸在行人新踩出的足迹上，似乎在询问刚刚过去的时光。

一路山行周转，不知在林间盘旋了多久，偶然从密林中穿梭出来的时候，只觉得像是推开了一扇重掩的门，整个世界豁然开朗。劲爽的松风回旋在林间，声音还清晰可闻，林间草木却已经纷纷后退远去，眼前有的只是浩淼的烟波。无垠的水光静默地将碧空白云、苍山林木、归鸟走兽尽数收揽在自己的怀抱，就连他这个误闯佳境的闲人，也得以留存一抹投影。在这无限包容的水里看见世间万物，才知道自己刚刚寻而不遇的小失态是多么愚昧、多么可笑。

此刻，他只觉得天水苍茫、物我两忘。

想象自己是一条蜿蜒而流的小溪，山那边的落花是心爱的情人，为了赶上她对镜梳妆的娇媚，一路上急匆匆倾泻而来，也曾在山石上撞得支离破碎，也曾苦心积聚终于漫过横路的枯木，也曾为了早日重逢从山巅高处纵身跃下，还好，终于赶上花开，终于在花瓣随风飘落的时候温柔地将其环绕，然后心醉去、漂流去，全然不在乎身归何处。

想象自己是一棵孤立百年的大树，从刚刚萌发的时候便守着这方山水，多少年都不曾稍稍挪步。风起时便张开手掌在风中舞动，雨过时便低下头尽情享受天然的沐浴，在日月星辰的陪伴下逐渐看见越来越远的风景。看着人群聚拢，建筑起繁华的城镇宫殿，看他们如蚂蚁搬食一样互相征战，看着多少楼台起多少城墙颓、多少芳草地上修起高楼大厦然后又沦为萋萋荒草，不过是更换几次衣衫装扮的短暂岁月而已。

他只觉得适才的喜悲变化早已如过眼云烟一般消散殆尽，此时自己的灵魂自由得像是山、像是水、像是风。如果此时再遇到常山道人，四目相对，反而会不知道该从哪一句话开始言说：

寻南溪常山道人隐居

刘长卿

一路经行处，莓苔见履痕。
白云依静渚，春草闭闲门。
过雨看松色，随山到水源。
溪花与禅意，相对亦忘言。

佛有拈花微笑的妙悟，道有得意忘言的佳境，此刻他并没有心情去辨别，只知道自己此刻站在物我混化的高度上，吾亦是花、吾亦是水、吾亦是世间万物，心由内而外都臻于澄净的状态，仿佛空灵得连风都可以从身体中穿行而过。

心就像是一朵盛开的莲花，从淤泥之中亭亭出水，没有任何的尘埃污垢能够污染、破坏他的清净修为。

想来陶翁在南山下荷锄而归、采菊东篱的时候应该也有着同样的心理状态吧，因为灵魂处于极度的自由、澄澈之中，所以一切美好的风景都争先恐后地呈现在他的眼前，一切世俗的烦忧都丝毫无法沾染他的心。

既然已经亲身领悟了诗中的风景，当然也就领悟到了山水诗歌背后的禅意深味，不过是从一朵花的开落之中看淡了人世的离散，不过是从一条大川的流动中明白了岁月的无可回转，不过是从苍茫无垠的天地间领悟到自身的渺小从而冲淡了欲求，原本就是把山水自然凝固成诗歌而已，想要读懂，当然不需要交流切磋，只需要身临其境即可。

自然原本就是一本读不完的书，从任何一个点进入任何一种风景，都能够在其中逐渐沉静、逐渐思悟。此刻自己的心神已经被新雨、被烟波荡涤干净，没有杂质留存，明明是寻人不着，却仿佛在无形之中收获了更多。

起兴而来，尽兴而归，今夜当有酒，对月畅饮三两杯……

第二节　行到水穷处，坐看云起时

彼时他官至尚书右丞，本应该自在优游于官宦场，在觥筹交错间去追求更高的声名、更大的权势，却偏偏选择了止于蓝田辋川，过起了半官半隐的生活。

许是因为人生渐暮，早已把所谓的争名逐利之心尽数放下，许是因为看多了世事变迁，反而明了所谓的富贵利禄变幻无常，所以也就越来越偏向于佛家无欲无求的自在境界，想给自己束缚已久的心神松松绑，想拥有一个闲适无为的晚年。

隐居的日子总是让人备感舒适，没有了官场上的谄媚声污耳，没有了名利场上的倾轧闹心，他在漫长生活岁月中所失落的那些东西，反而都逐渐回到了身上。

比如说之前觥筹交错的宴会实在太多，毫无例外，每一次都是金杯银盏、玉露琼浆，每一个人都极尽谄媚来劝酒，然后借着酒话把自己污秽的贪欲堂而皇之地公之于众。兴许正是被那些恭维话堵塞了心神，竟有很长的一段日子，他品酒如饮水，根本尝不出酒的味道来。于是所谓的陈酿、所谓的贡品都失去了吹嘘者所夸耀的香醇，既然无味，也就自然不会令人沉醉。以至于他在故作醉态中看尽了人间丑态，看他们自作聪明互相算计，看他们争名夺利口蜜腹剑，看他们蝇营狗苟失去自我……遂而又陷入身心都排斥宴饮的无限循环中去。

他原以为自己将永久地失去品酒的能力。

后来他隐于蓝田，自顾自地切断了和俗世的牵连。有一次应邀去辋川附近的农家做客，本来还再三婉拒乡人端上的米酒，最后因盛情难却不得不饮下，入口时才觉得这米酒带着一股子辛辣之气灌进了身体，然后才慢慢品出舌尖上残留的醇香来。沉睡的味觉居然醒来了，他难以抑制心中的喜悦，仿佛是迎回了生命中一个极为重要的老朋友，自当连饮三大杯聊表庆贺。

人本愚钝，好多东西往往要失去才明白它的珍贵，才终于有需要珍惜的念头。于味觉是如此，于自由更是如此。

犹记得身心拘于官场的时候，整日的迎来送往无休，连一个人独处都成了一种奢望，身边尽是喧嚣，心中也总是浮躁。

所以归隐之后，他最喜欢的一件事便是兴起时独自往来山水之间：随意选择一条阡陌小路，随性走到路的尽头，一路上偶尔会有牧童骑牛归来，擦身而过竟是青草的香味；偶尔会有连绵不绝的蛙鸣，兀自将静夜装点得热闹；偶尔会有喜欢交谈的农家翁媪，前言不搭后语地说着明日的阴晴、今年的得失。他只觉得每一处都是完全属于自己的诗画，是别人抢不走的自在闲适。

他自知这样的随性自在是难能可贵的人生财富。多少人陷在名利的泥淖中太久太久，早就看不清自己心灵原本的模样了。他却能够在人生的后半程随心而归隐，把曾经执拗的东西逐渐放下，渐渐寻回自己的本性，如何不是一件幸事？

这一日兴起独往，竟然逆流而上一路走到了溪水的尽头。此地尽是沼泽，一片空荡，就连流水也是从山石草丛中逐渐渗出来的，所以并没有明显的踪迹可寻。他只觉得四周空空荡荡了无一物，明明有流水在动，却仿佛身处静止的画中。不知这世界上可曾有过他的知音，同样沿着溪水上到了水源头，如果有的话，那又会是怎样的一个人呢？

如果能够恰好相遇，聊一聊人生，定会是不错的体验吧。

谁能想到这幽微不可辨识的细流，会因为日积月累而成溪水，一路不回头地走向大海、诗和远方。而正是无数这样的小溪水聚拢在一起，才最终形成了奔腾的江河、静谧的湖泊、广阔的大海。似乎不管怎么微小，都不能否认其存在的价值和意义。

他静静地坐在阔野高处，看着天空中的游云，那似乎又是另外一种截然不同的体验。世间原本空空荡荡无一物，水汽却在无形地汇集，然后在空中越积越厚，最终显现出有形的实体来。这从“无”中生出来的“有”，要比世间一切具体的事物更加有形，它可以倏忽如飞仙、倏忽如奔马，自由自在地切换着形态，不受任何规则的束缚。

他突然觉得这流水、这游云和自己所理解的人生酷似，人本就是从无中来归往无中去，而在人短暂的一生中更是始终都充满了无限的可能性，正是一个个选择的积累才最终决定了每一个生命最终的形态。比如说选择渔、樵就决定了人将与水还是山打交道，与水相交的人侣鱼虾，更容易将水的灵动内化成自己的精神的自由，所以自古以来渔夫多狂者，能够在屈子面前高歌徜徉；与山相伴的人友麋鹿，更容易在山的庇护下寻得隐逸的居所，所以从古至今，多少隐者都盼望骑鹿入山野。

他此刻能够独坐在此，静看云卷云舒，何尝不是因为自己的每一个选择。若是他放不下对名利的执念，说不定此刻正在仕途中艰难求索，说不定在某个庸俗的聚会上灌着无谓的残酒，又哪里能够行至水穷处，坐看山水苍茫？

而人生命的流逝何尝不酷似这奔涌不休的流水，永远都只能朝着一个方向前进，绝无逆转的可能。他今日耗在这里的时光就像他刚刚看到的流水一样，早已消失在视线里、消失在世界上。这本是世间万物再正常不过的生命状态，本是再浅显不过的道理。人往往能看透流水的道理，却看不透生命的逝去，沉浸在岁月易逝的悲情中唉声叹气、无从解脱。

若是真的能够像流水、山云一样无心，将逝去、将变幻都看作是生命里极其正常的状态，以无常为有常，自然也就会逐渐修得山云、流水一样无拘无束的自由吧。

水在流淌的时候从来都没有考虑过自己会有尽头，它一心想着前进前进，于是见山绕过山、见石没过石，势不可挡地东流入海，成就了世间最壮阔的风景。它根本就无心去考虑自己在流淌的过程中会失去什么，也根本就不在乎需要多久的时间才能到达终点，这反而成就了水川流不息的智慧。

人在做事的时候往往喜欢先去衡量得失，于是不管是朝着哪个方向前进都会有无形的绳索将自己束缚捆绑，局限住自己的视野，少有人能够不计较得失，他们往往能够在一条路上坚持到最后，反而收获更多。若不是他自己主动解开名利的牵绊，此刻又如何能够邂逅美好的风景、洒脱的邻翁，以至于欢畅谈笑得连时间都忘记了：

终南别业

王维

中岁颇好道，晚家南山陲。
兴来每独往，胜事空自知。
行到水穷处，坐看云起时。
偶然值林叟，谈笑无还期。

归来已是夜半，唯有明月一轮、空林万重。

他丝毫不觉得自己步履沉重，反而觉得今日一游，自己竟好似与云水浑然一体，灵魂中注入了某种全新的东西，渐渐进入物我两忘的境界。

夜深眠去，梦中自己竟然真的变成浮云一缕，从水天相交的地方蒸腾而起，一路扶摇直上九万里，于是遇山便化作山顶的斗笠、山间的裙裳，遇林便化作林间的小鹿、归巢的倦鸟，形态自由变化，生命似乎打开了某种没有边际、没有穷极的境界。

他以一朵云的角度去看日升日落，只觉雄浑壮美，似乎要点燃人所有的激情。他以一朵云的角度去关照山水城郭，才惊觉沧海桑田真的是确实存在着，眼看平地起高楼。眼看大厦倾颓去、眼看昔日繁华歌舞场顷刻间变断壁残垣长满萋萋芳草，才知道朝代的变迁尚且快如过眼云烟，更何况是人短暂的生命呢？从出生到死去，以不变的万物观之，不过是云从西山到东海的一次旅行、不过是青山稍稍被剥蚀掉一寸，渺小到根本无法衡量。

自然，这短暂生命里的喜怒哀乐、宠辱得失更是不值一提。

与其执拗在自己细微的情绪变化中，不如多花点时间看看水流去、看看云归来，说不定在哪一个瞬间还能悟到点滴禅思，从而体味一下永恒的状态，从而在自己虚无缥缈的生命里，留下一点还算深刻的思想印迹。

第三节　万籁此都寂，但余钟磬音

近来心中颇不安宁，做什么事情都觉得浮躁难成，许是春末夏初，人也容易随着节气的变化而生出种种烦闷燥热的情绪吧。无从定心的时候，偶然寻得一卷《维摩经》，佛家本就四大皆空，加之简短的言语往往都包蕴丰厚、极耐品味，总是能在不经意间就能让人沉下心来，于是便全然无所求地一路读下来了。

这一日在《维摩经》看到此般言语："虽复饮食，而以禅悦为味。"一时间只觉大有深意，便放在心上细细咀嚼了一番。

一直以来，他对于佛学的认识都极为浅显，就像大多数人所认识的那样：简简单单地把佛门看作是空门而已。在他的印象中修佛参禅之人就应该是脱离红尘俗世的出家人，应该丝毫不沾染人间烟火、与一切名利得失截然分裂，两耳不闻窗外事，一心纯粹就是空。他甚至觉得生生拔除人的欲念总归是一件清苦的事情，而佛学的修行之路就是逐渐让凡世中人变得超脱的过程，所谓的得道高人则更是达到了食野菜为佳肴、居陋室为楼阁、视苦难为修为的境界。

今日所接触到的"以禅悦为味"却是给人截然不同的感受，从文字来看，似乎修佛之路不仅不像想象中那么清苦，反而别有一番滋味，总是能让人达到精神的澄澈与欢愉之境。他感到困惑和新奇，自然也就免不了把这些文字放在心上慢慢思悟，希望能够获得更深刻的认识，希望能寻得心灵的沉静。他很想知道“以禅悦为味”会不会给简单的事物带来神奇的变化，会不会令单调的生活拥有深邃丰富的兴味，很想知道所谓的“以禅悦为味”究竟是怎样的一种心理状态，如何才能从“苦禅”进入“悦然”的境界。

活跃的思维总是能让人沉浸在自己的世界中忘记外物变幻，当他觉得燥热的四周突然凉爽起来的时候，才惊觉手中书卷上的文字已经不可辨认了，炎日早已西沉，冷月此刻正明。他并不能从自己有限的认识中自我解惑，于是便想着到真实的禅寺中去寻访答案，说不定还能有幸知遇“以禅悦为味”的得道高僧。

兴起时想起郊外山上的兴福寺，常听友人说那是个清幽雅致的好去处，如今这时节更是适合消夏，于是便在满心期待的规划和缠绕束缚的疑惑中辗转反侧，反侧辗转，长久无法入眠。最后索性秉烛而起，在长夜里收拾起自己的行装包裹来，想要到山寺中小住，暂时避开这闷热的夏愁。

他也说不清楚自己究竟为何突然对禅有了如此巨大的兴趣，就连自己也无法辨别究竟是想要解答疑惑的急迫之心更甚还是逃避虚浮躁动的情绪更占上风，只知道天色些微泛白的时候，他就已经满心期待地踏上了寻访山寺的路程。

行在高山密林之中，所有的注意力都放在曲折难行的山路上，生怕一不小心就被山石绊倒。竟连什么时候日出东方都不知晓，只是觉着路上重重叠叠、张牙舞爪的树突然就淡去了轮廓，阴影黑暗逐层退去，前路渐渐清晰可辨，才看到和煦的日头倚在身后群山中间，像个赖皮的小孩不肯上学堂一般久久逗留，涨红的脸蛋将云都染成橙红色，整个世界刚刚醒来便落在它的眼底。

周边尽是枝叶稀疏的林木，或是修直挺拔高耸入云端，或是盘根错节在深涧幽谷，每一棵、每一簇都在和煦的日光里微微发光，就像是尚待雕琢的璞玉。他从来不知道简单寻常的叶子竟然可以有如此丰富的色彩变化，先是逐渐变得清晰，然后可见隐隐的白光，紧接着被晨曦镀上一圈绯红的光晕，然后又在逐渐强烈的日光底下变得通透，散出层层绿光来。他几乎都要被阳光绿叶的完美搭配惊呆了，原本两者都是普通平常的事物，此刻却在自然的安排下演绎着精彩绝伦的变幻，真是妙不可言。

夏日的林木太过葱郁，以至于他走近到院墙边才知道古寺原来就在这儿，想来早先在远处山头遥遥望见的像飞檐一般的树干并不是树干，而是真正的楼阁屋檐，只不过树形太过曲折多姿，反而真假难辨了。

寺庙古朴而庄穆，仿佛和这山野存在的时间一样长久，就连矮墙瓦片上的青苔都已经像是渗入了砖瓦一般，铺满了整个阴面，水盈盈地倒映着他逐渐走进的身影。寺内传来敲木鱼声、诵经声，却更显空山寂寂、野寺幽幽。

虽是山路，他却并不觉疲累燥热，反而觉得林荫下的清爽径直投射在了他的心底，遮盖住了连日以来惹人心焦的烦躁。

几乎是在晨钟声刚刚传到山门的一刹那进入古寺，他朝着僧人遥指的方向去寻落脚的禅房，一路上尽是苍翠的丛竹，却又跟早间在山林中所见的修竹不一样：长满整个山谷的竹子清修挺拔，如箭羽一般，给人挺拔坚韧的观感，是傲然人世的君子；寺中的竹子格外繁密，叶片交插扶持似乎想把曲折的小径全部填满，苍翠深幽的潭水如老僧的眼睛，给人更多的则是安谧隐逸的观感。

真不知，是日日佛音度化了竹，还是苍茫修竹凝固了禅意？

小径沿着寺庙的墙根转过方向，又从闭塞变为开阔，整齐质朴的禅房静静地坐落在寺庙的深处，背后是青翠欲滴的林木，房前则是亭亭玉立的荷花。荷花如此艳丽的色彩在此般情境中不仅不叫人觉得热烈，反倒因为万绿丛中一点红的布局而透出孤清之意来。一切都恰到好处，一切都尽如人意。

山寺小住的日子，除了每日跟随山僧打坐参禅，更多的时光里都是在与寺庙周遭的山水草木打交道。

他知道哪一处的林子聚集了最多的鸣鸟飞禽。它们总是根据晨钟暮鼓醒来和归来，似乎自己才是这山野之间最潜心向佛的有缘人。那一次他偶然在清晨中碰到百鸟云集的盛宴，从一声清啸拉开帷幕，婉转的小调、激昂的高歌、幽怨的吟哦一齐开嗓，却意外地和谐动听、不显嘈杂，林间的叶片都震得犹如起舞一般颤动。他只觉得最动人的是鸟叫声中的自由，仿佛天性没有受到一丝一毫的束缚，尽情在明媚的山光里放歌，然后高飞去。

他知道哪一处的山谷里隐藏着一眼深潭。一片一片的树影、山影都浓缩在晶莹的水色中，直到把潭水染成墨一般的深碧色，浓稠到化也化不开的地步。那样深邃的潭水总是能够格外清晰地投射出人的倒影，忽然必现，待得久了，甚至连人的心底的欲念、劣迹都能清晰地呈现出来，然后荡涤干净，空寂到什么都无法在心中留下痕迹。

曾经满心的浮躁似乎就在这山光水影里逐渐被治愈，他觉得自己越来越像是一棵树、一只飞鸟、一缕游云，通透到风能够径直从四面八方刮到内心深处。就像是空寂的山林里，一切已经渐渐歇落，百鸟归巢、人烟散尽，他甚至能够辨别出荡到远山然后又折回来的余磬之音：

题破山寺后禅院

常建

清晨入古寺，初日照高林。

曲径通幽处，禅房花木深。

山光悦鸟性，潭影空人心。

万籁此都寂，但余钟磬音。

而这寂静并不是空无一物，相反，是包容万物。当流水声、风声、倦鸟展翅的声音、落叶翻滚的声音都和谐地交融在一起，方才显得空寂、显得钟声能够自由回荡。

所谓的幽静更不是万般虚无，而是所有的一切都恰到好处，都处在最自然、最本真的状态里，因为毫无冲突、彼此融合，所以才在动态生命里显出极致的静谧来。

他一日一日地停留，思维在活动中留下一次比一次深刻的痕迹，原来所谓的参禅修佛并不清苦，也从来没有强行从人的精神里拔出去那些过度的欲念，相反，它更多地是在教会人从细微处参悟人生的哲理，从而获得对待世界的更包容、更宏大的角度。

当人的天性得到完全的释放，生命的共性才渐渐从自然之中回到人身上，重新教会人怎么去呼吸、怎么去欢笑、怎么去与世间万物相处共存。当这些自然的状态重新成为生命里最重要的事情，原本那些蝇营狗苟的私欲浮躁自然也就淡去、也就无处可以容身了。

在寺中的每一步都是更靠近禅思的足迹，他最终领悟到所谓的空门，其实是因为涵盖万物而空，就像在无边的黑夜里什么都无法看见，然而一切都存在一样。所谓的“虽复饮食，而以禅悦为味”则是指人深深体会到了禅的乐趣，以佛家的宽广包容去看待世界，则精神的愉悦会关照在日常生活中每一件事情上。禅思妙悟原本就来源于生活又高于生活。

最高的修为不过是看山还是山、看水还是水，而正是为达到这种境界所走的每一步、所思考的每一处才最终成就了灵魂的深广与自由。

第四节　返景入深林，复照青苔上

什么是静？什么是空？

近来他常常陷在这个问题之中难以自拔，人们都说他的诗文里有一股清幽的禅味，像是深邃潭水一样令人观之欲静。然而只有他自己知道，他的心还是时时趋于浮躁，难以达到真正的宁静。

虽然身在山野，朝堂之上的风吹草动却还是能在他心中掀起狂风巨浪，明明想要脱离樊笼，却发现束缚的绳索其实根植于自己的内心。因为放不下浮名虚利，因为想得到权力地位，所以自己一直都只是一个沉浮于红尘的俗人，本质上来看跟蜗角争利的触蛮氏还是一样的。可能唯一的区别就在于，如今渐渐感觉到年华易逝，便越来越想在有限的生命里获得一些永恒的东西，所以那一颗执拗于得失的心，被山风吹久了，一点一点也就冷却了。

他想求得心灵的空静，便一次又一次往深山中去。想那渔父尚能在屈子面前高歌，就连逃离庙堂的陶翁也能在南山下回归自己灵魂的桃源，所以那山水之中，必定还是有着深邃的禅理吧，只是如今自己还不曾悟到而已。

最喜欢山脚下那棵巨大的梧桐，枝枝相交通、叶叶相覆盖，几乎可以遮挡住半边天空。树下有青石，可坐可卧，正处在山口的位置，每一阵风都从树下经过，一个轻微的回旋便把残留的暑气卷走。何况山口视线绝佳，远观是无垠的田野，近处是绕山的溪水，身后还有满谷秀丽的竹子。

他常常来这里静坐，树下茂盛的杂草都被踏出了曲折的小径。眼见着田中的稻子从七月芳香到逐渐低垂，如今都已泛起金色来，一望无际的稻田就像是一片海洋，大风起时翻滚着金色的波浪，往往能够让人心也豁然开朗。自己渺小得就像是一粒稻粒，淹没在稻浪中间根本就难以辨别，原本困扰于心的种种情绪自然也就显得没有那么重要了。

在极度放松的环境里，往往难以止住思绪的飘扬，精神的游动如风一样自由。有时候安静躺在青石上，头顶上是繁密的梧桐叶，树叶随风摆动时就像是树儿张开无数的小手在和自己打招呼，指缝间漏出来的阳光和蓝天总会变得格外柔和，偶尔还会有一阵清脆的鸟鸣，却根本无从知道它们在哪一处树枝上跳舞。

他时时想起书卷中的庄子，设想曾有一个白衣飘飘的仙人，就是在这样的大树下青石上酣眠，梦见自己变成了飞舞的蝴蝶，在明黄的油菜花、绯红的桃花和洁白的梨花之间自在穿行，身上沾染着各式各样的颜色和气味。醒来之后竟然不能辨别究竟是自己在梦中变成了蝴蝶，还是蝴蝶在梦里变作了自己。虽然听起来像是浪漫的幻想，却又何尝不是讲述着生命的哲理，人生短暂如一梦，又有什么样的标准可以评断此时究竟是在梦里还是在实际中，又有谁能证明死亡不是以另一种姿态活着呢？

想来庄子的心应该是处在绝对的宁静中吧，所以他的思维才能比清风更自由，达到常人无法企及的境界，自己的生活本就悠然雅致如一首禅诗。

又回归到最初的问题上来，究竟什么才是静？

像一棵树一样，在同一个位置站立数十年，甚至数百年，把芽儿伸出泥土，把枝叶舒展到风里，把花香散到空中，永远也不会从最初的位置挪开，永远也难以发出自己的声音。这样凝固的生命状态是静吗？如一块青石、如一座山峰，可是人根本就无法达到绝对的静止，除非停止呼吸和心跳，归于尘土。这并不是他所追寻的心的宁静。

究竟什么才是空？

看淡生命中一切的得失、聚散，无欲无求吗？就像是一阵风，无所依傍也无所寄托，随便何处都可以是前路和归途，随便干净和污秽都可以轻拂。可是只要人还活着就始终需要寄托于物，上需片瓦可遮风挡雨，下需寸土可安身立命，食物、衣服、诗书……而且往往会不知满足地追求更精美的衣食、更奢华的住所、更高的地位名声，然后陷在欲望的泥沼里，很难找到挣脱之法。

修得心灵的空与静，实在是太困难了。

若不是远山里隐约传来的人语喧哗打断了思路，他一度以为空寂的群山里只有自己一个闲人。突然从风声、鸟鸣中传来人说话的声音，听起来声音是从很远的地方传来，却又空灵得就像在耳边。他突然觉得那声音的主人可能是云游的仙人，或是隐居的高人，突然就很想追上去与他们畅谈一番，说不定能够弄明白困扰自己的疑惑。

明明是朝着声音传来的方向前行，偶尔也会有急速的风传来只言片语，他匆匆一路行来却始终没有发现人的踪迹。满山葱郁的林木间来去都是风声、流水声，远处近处的鸟叫虫鸣更是繁杂吵闹，幽微的一两声人语早就无从辨别了。或许本就是重重空山，只是自己渴望知音太久了才会产生幻觉吧。又或者真的是来自云端的仙人，已然飘忽离去了，他还是没有缘分得以一见。

求而不得总归是叫人惆怅不已，他突然就失去了静坐冥思的心境，久久停留在原处挪不动步子。

低头的时候才发觉山石上布满了深绿的青苔，盈盈得好像透着水光，他忍不住蹲下来赏玩，才发觉因为阳光被茂密的树林遮挡，所以林木底部长满了喜阴的花草，茂盛而深幽，就像一个神秘的洞穴。它们一层层夺去了阳光，这白石上的青苔甚至连早晨落下的露水都还未干，水汪汪的，甚是可爱。

远处太阳已经开始西斜，各种树木的剪影被拉扯着投映在地面上，或是健壮像园林里雕花的廊柱，或是纤弱如盈盈可握的细腰。有的树冠像是华盖，有的又像是酒家门口飘扬的旗帜。他就看着各种各样美好的光影映照在青苔上，投入进他的眼波里。原本低落惆怅的心突然就在绝世好画中逐渐平静，且是由内而外逐渐渗出的宁静。

随手用石块把心中的诗写在土地上：

鹿柴

王维

空山不见人，
但闻人语响。
返景入深林，
复照青苔上。

字迹可能很快就会被杂草掩盖，他所获得的这种安然心态却会久久存在于记忆之中。

他好似领悟到了一点点禅意，比如说这空山的宁静，绝对不是指死一般的沉寂，而是各种属于山的声音和谐共存、轮番上演。

从风的声音开始，他听见树叶的舞动、竹林的清啸，还有风吹落叶的声音、风在山谷中回旋的声音。然后是鸟鸣，从近处的树梢开始歌唱，遂唤起一群鸟儿的合唱，或长或短、或急或缓，凝成一首悦耳的奏鸣曲。还有山涧汩汩的流水声、瀑布跃进深潭的回响、小兽稚嫩的嚎叫声，甚至是草木舒展枝叶的声音……正是这一切声音的交替上演，才最终构成了山林的清净。

再者山野的空，也绝对不可能是指空无一物，截然相反的是，山林每时每刻都在以很容易被人忽略的方式丰富而热烈地生长着。一棵树的长成可能缓慢到让人根本无法察觉，一棵草的成长也总是没有痕迹可寻，可是它们无时不在为了生存而努力吸收阳光、水分。生命的修炼每一刻都存在着，风雨剥蚀着青石，草木喂养着鸟兽，甚至在最稳固静止的泥土深处也不曾停止过生命的活动。

正是这些丰富多彩的生灵，才最终凝成了人眼中空旷寂静的画面。甚至可以说，是闹成就了静，是繁复成就了空寂，因为一切和谐共融，因为它们自然到几乎让人无法察觉。

人生的历程何尝不是如此？只有经历过红尘的喧嚣，才能修得内心的宁静；只有体验过爱恨得失，才会有淡泊名利的空灵。平静与彻悟，从来都是建立在博闻强识的基础之上，因为经历过人生种种的困境挫折、体验过无数次起伏跌宕，才能把一切都看淡，修炼至宁和的心态。

所有的磨难、苦痛、欢欣与惊讶都是人生不可多得的财富，它们构成了生命的丰富多彩，它们建构起一个人看待世界万物的角度。就像是建高台终要层层垒土，心灵的纯净何尝不需要丰富的体验做基础呢？

只有看过浩瀚的海洋、看过奔腾的江水、看过飞流直下的瀑布，才可能对眼前滴落的雨水，重新回想一滴水的千姿百态，体悟水的变幻、水的智慧。

只有听过呼啸的狂风、听过温柔的春风、听过回旋奔跑的山风，才可能在一支曲子里随着音节自在徜徉，才能透过声音感悟一个人的故事、感悟一首诗的心情。

只有拥有过极致的荣华富贵、拥有过仰人鼻息的卑微、拥有过开心的不开心的聚散离合，才可能修炼出一颗强大的内心，安然应对生命中可能出现的一切变故，安然接受生命最后的归途。

甚至能够从一个转角、一片荆棘、一片礁石之上悟出禅味来，使灵魂获得彻底的解脱。要知道，所谓的禅，原本就根植在人的心中。

心中无禅，看世人皆是纠缠与负累。

心中有禅，看万物皆是空静与自由。

后 记

从小就格外喜欢故事，在尚懵懂的年纪，总觉得书里的文字描绘着另外一个丰富多彩的世界，就像台阶，登得越高便越能够看见辽阔美好的风景。后来，阅读和写作就逐渐从兴趣变成了习惯，变成了生活中的一部分。很高兴书籍不吝啬地带给我灵感和才情，让我的笔墨越来越充实和丰盈。

大学去江南水乡中的一个小城市，很庆幸在刚刚脱离应试教育的高压、开始尝试建立起自己的读书习惯时，便遇到了几位很好的老师。印象最深刻的是著名诗人伊甸老师的写作课，他在第一堂课上，便教导我们：写作是从阅读开始的。这句话足以让我受用终身，也很开心能够将其分享给每一个喜欢写作的人。

读书，当然这里说的是阅读经典、阅读文学性的书籍，从来就不是一件急功近利的事情。你所阅读的东西，几乎没有可能很快转化成技能，甚至在更长的时间里都看不到它给你带来任何益处。然而经过时间的沉淀，才最终发现，你所阅读的东西很大程度上融进了你的骨血，它在潜移默化之中形成了你看世界、处世的态度和心怀，一个人的气节、风骨、姿态很多时候都和他所接触的书籍密不可分。

而阅读带给写作的影响则更加明显，它先是充盈你的思想，继而会影响到文字的风格、布局，以及文字背后的世界观、人生观。

所以说“活到老，学到老”，这本就是最质朴、最颠扑不破的真理。

读研的时候选择了自己最喜欢的古文专业，这也就和诗词结下了不解之缘。当这个选题拿到手上，从诗句的查阅到作者的考证，每一篇文字都是在尽可能还原作者创作时的心境，总感觉只有这样，才能让灵魂与诗人的灵魂发生碰撞，催生出某些不一样的共鸣。

好的作品总是常读常新，这也是我在写作古诗词中的禅音时最大的感受，当你真正进入到诗词中所描绘的世界，当你放下自己的主观感受去揣摩诗人的心境，总是能够收获到一些更深刻的东西。这本书中的文字，正凝聚着这些体悟。

希望它能够为正处在浮躁中的你送去一丝安宁，让你在面对山花水月的时候能够思悟其背后的禅理；更加希望你能够通过这本书，与阅读结下不解之缘。

最后，要对创作组曹盛敏、高婉卓、刘丽娟、杨帆、彭东、吴丽丽、徐晋书、杨秀梅、尤秀如、王欣然、王瑶、张泽、刘万彬等各位老师表示衷心感谢。在本书创作过程中，各位老师都付出了辛勤的汗水，为本书查阅资料、校对书稿，并适时提出建议，做出指导。正因如此，本书才能在千锤百炼后，更好地展示传主传奇而富有诗意的人生，为读者呈现更优质的文学体验。